소중한 ＿＿＿＿＿＿＿＿＿＿＿＿＿ 에게

＿＿＿＿＿＿＿＿＿＿ 가(이) 선물합니다.

＿＿＿＿＿＿＿＿＿＿

하이디

요한나 슈피리 글

1829년 스위스 취리히 근교 힐첼에서 의사의 딸로 태어났습니다.
결혼 후 고아원, 불량소년 수용소, 여학교 등에서 교육 · 상담 교사로 일했습니다.
1884년 남편과 외아들을 잃은 뒤 독서와 여행, 글쓰기에 전념하였습니다. 지은 책들은
모두 아이들과 아이들을 사랑하는 사람들을 위한 이야기였으며, 밝고 건강하며 종교적인
깊이가 있습니다. 지은 책으로는 「헤르고란트의 소녀 이야기」 「하이디」 등이 있습니다.

김은희 엮음

강원도 원주에서 태어났습니다. 월간 「아동문예」에 창작 동화 「아기부처와 천사」가
추천되어 등단하였으며, 1993년 창작 동화 「난 바보 아냐」가 대교 출판 선정 '우수 창작 동화'에,
1996년 창작 동화집 「난 바보 아냐」가 한국아동문학인협회의 '10대 우수 창작 동화집'으로
선정되었습니다. 지금은 한국작가회의 · 한국아동문학인협회 · 한국어린이문학협의회
회원이며, 용인 풍천초등학교 교장으로 아이들의 꿈을 키워 주고 있습니다.

2018년 2월 25일 3판 2쇄 **펴냄**
2014년 2월 25일 3판 1쇄 **펴냄**
2007년 11월 10일 2판 1쇄 **펴냄**
1992년 4월 25일 1판 1쇄 **펴냄**

펴낸곳 (주)효리원
펴낸이 윤종근
지은이 요한나 슈피리
엮은이 김은희 **그린이** 채희정
등록 1990년 12월 20일 · **번호** 2-1108
우편 번호 03147
주소 서울시 종로구 삼일대로 457, 1206호
대표 전화 (02)3675-5222 · **편집부** (02)3675-5225
팩시밀리 (02)765-5222
© 1992 · 2007 · 2014, (주)효리원
ISBN 978-89-281-0369-0 64890
잘못 만들어진 책은 구입하신 서점에서 바꾸어 드립니다.
홈페이지 www.hyoreewon.com

하이디

요한나 슈피리 지음
김은희 엮음 / 채희정 그림

효리원
hyoreewon.com

아름답고 착한 것은 모든 것을 이기지요!

『하이디』는 스위스의 요한나 슈피리가 쉰 살이 넘은 1880년에 발표한 작품입니다. 발표 이후 전 세계 많은 나라에서 그 나라 말로 번역되고, 여러 나라에서 영화 및 만화 영화로 만들어져 사랑을 받고 있습니다.

하이디는 이야기 속의 모든 사람들한테 사랑을 받습니다. 사람과 세상의 모든 것을 사랑하는 따뜻한 마음과 꾸밈없고 착한 성품을 갖고 있기 때문이지요. 이러한 심성이 하이디 주변의 모든 사람들을 참사람으로 아름답게 변화시켜 살기 좋은 세상으로 바꿔 줍니다. 하이디를 만나면 답답했던 어두운 마음이 환해지고, 밝고 긍정적인 생각을 얻어 올 수 있습니다.

이야기 속의 다른 인물들도 각기 다 개성이 있고 아름답지요. 말은 별로 없지만 생각이 깊고 마음이 따뜻한 할아버지, 생각이 단순하지만 귀엽기까지 한 염소 대장 페터, 앞을 보지

못하지만 믿음이 깊은 페터네 할머니, 장애를 지니고 있음에
도 불구하고 마음이 너그럽고 고운 클라라, 하이디의 아픈 마
음을 어루만져 주고 모든 게 잘될 수 있다는 믿음을 심어 주는
클라라네 할머니, 세상을 올바르게 보며 약자를 배려할 줄 아
는 제제만 씨, 마음이 아픈 사람을 치유해 줄 줄 알면서도 자
기에게도 사랑이 필요한 의사 선생님……, 모두 모두 아름다
운 사람들입니다.

　오랜만에 다시 이 이야기를 엮으면서, 다른 사람의 아픔을
먼저 헤아릴 줄 알고, 가진 것을 나눌 줄 아는 어린 하이디 덕
분에 내 마음도 따뜻해지고 더 큰 행복을 얻었습니다.

　좋은 이야기는 그 글을 읽는 사람이 기쁘고, 편안하고, 행복
해질 뿐 아니라, 나아가 다른 사람을 사랑할 줄 아는 사람으로
변화시켜 주지요. 또 좋은 이야기는 우리에게 '희망'이라는 것
을 갖게 해 줍니다.

　이 책을 읽는 모든 사람들이 따뜻한 마음과 사라지지 않는
희망으로 행복하게 살아가기를 바랍니다.

엮은이 김은희

| 차례 |

6

알프스를 향하여

스위스의 동쪽 끝에 있는 작은 마을 마이엔펠트. 마이엔펠트는 높고 아름다운 알프스 산맥의 아늑한 곳에 자리 잡고 있다. 그곳에서 알프스의 고원으로 오르는 산기슭까지 오솔길이 나 있는데, 오솔길 주변으로는 아름드리나무가 우거진 숲이 펼쳐져 있었다.

그 숲길이 오르막으로 바뀌면서 푸른 초원이 펼쳐지는데, 싱그러운 풀 냄새와 약초의 진한 향이 이곳을 지나는 사람들을 맞이하곤 했다. 이 초원을 지나면 가파른 비탈길이 나오는데, 그 길은 곧바로 알프스의 고원으로 이어졌다.

햇볕이 쨍쨍 내리쬐는 6월의 어느 날 아침, 좁은 산길을 몸집이 크고 강인해 보이는 젊은 여자가 어린아이의 손을 잡고 오르고 있었다. 아이의 두 볼은 어찌나 뜨겁게 달아올랐는지, 햇볕에 그을린 갈색 피부가 불에 덴 듯 빨갛게 빛이 났다.

아이는 따가운 햇볕이 내리쬐는데도 추위를 막으려는 듯 옷을 겹겹이 껴입고 있었다. 이 작은 아이는 다섯 살도 채 안 되어 보였지만 원래 몸집이 어떤지는 알 수가 없었다. 옷을 여러 겹 껴입고, 거기다가 커다란 빨간 무명 목도리를 친친 감고 있어 정말 형편없는 모습이었다. 아이는 징을 박은 무거운 등산화를 신고 땀을 뻘뻘 흘리며 힘겹게 산을 오르고 있었다.

골짜기를 한 시간쯤 걷자 두 사람은 '되르플리'라는 작은 마을에 이르렀다. 이 마을에서는 거의 모든 사람들이 바삐 길을 가는 젊은 여자와 아이에게 알은체를 했다. 마을 사람들이 이들에게 관심을 보이는 이유는 젊은 여자의 고향이 바로 이곳이었기 때문이었다.

그렇지만 두 사람은 여기저기에서 부르는 소리에도 발걸음을 멈추지 않고, 사람들이 건네는 인사와 질문에 건성으로 대답하면서 발걸음만 재촉했다.

그러다가 마을 끝자락에 드문드문 서 있는 작은 오두막집들 가운데 맨 끝에 이르러서야 비로소 한숨을 돌리며 발걸음을 멈추었다. 그 집 문 앞에서 한 여자가 젊은 여자를 불렀기 때문이었다.

"데테, 기다려! 산으로 계속 올라갈 거면 나도 같이 가!"

젊은 여자가 걸음을 멈추자 아이가 붙잡혔던 손을 풀고 땅바닥에 털썩 주저앉아 버렸다. 아이와 같이 길을 가던 여자가 물었다.

"하이디, 힘들어?"

"아니, 그렇지만 너무 더워서 못 걷겠어."

"이제 거의 다 왔어. 조금만 기운을 내서 씩씩하게 걸어. 한시간만 가면 돼."

마음씨 좋아 보이는 여자가 집에서 나와 두 사람에게 다가왔다. 두 여자가 나란히 걷기 시작하자 아이도 땅바닥에서 일어나 뒤를 따라 걸었다. 두 사람은 어릴 적부터 친한 친구 사이였는지 수다를 떠느라 정신이 없었다.

마음씨 좋아 보이는 여자가 물었다.

"데테, 저 아이를 어디로 데려가는 거야? 혹시 저 아이가 네 언니의 딸이니? 죽은 언니 말이야."

데테가 대답했다.

"맞아, 언니 딸이야. 아이를 알프스 고원 아저씨께 데려가는 중이야. 거기에 맡기려고."

"데테, 너 제정신이니! 말도 안 돼. 어떻게 아이를 맡기려고? 그 영감은 네 이야기를 다 듣지도 않고 곧장 너를 쫓아 버릴걸!"

"그럴 수 없을 거야, 할아버지니까. 할아버지라면 이 아이한테 책임을 져야 한다고. 나는 지금까지 이 아이를 키웠어. 그리고……."

"그리고 뭐? 아이를 맡겨야 할 또 다른 까닭이 있어?"

"바르벨, 분명히 말하자면 프랑크푸르트에 좋은 일자리가 생겼는데, 아이 때문에 놓칠 수는 없어. 이제 아이의 할아버지가 당신의 도리를 해야 한다고."

바르벨은 그만두라는 듯 손을 내저으며 큰 소리로 말했다.

"내가 저 아이가 아닌 게 천만다행이다. 마을 사람 누구도 고윈 아저씨가 저 위에서 어떻게 지내는지조차 모른단 말이야! 그 누구와도 만나지 않고, 교회에도 한 번도 오지 않았어."

바르벨은 쉬지 않고 이야기를 했다.

"고윈 아저씨가 굵은 지팡이를 짚고 일 년에 딱 한 번 산을 내려오면 사람들은 모두 슬금슬금 길을 비키며 무서워해. 숱 많은 잿빛 눈썹이며 텁수룩한 수염이며 꼭 늙은 인디언 같다니까. 혼자 마주치지 않으면 다행일 정도라고."

바르벨의 이야기를 들으며 걷던 데테가 완강하게 말했다.

"그래도 할아버지잖아! 설마 애한테 나쁜 짓이야 하겠어? 자기 손녀니까 당연히 할아버지가 책임져야 해! 이제 아이를 책임질 사람은 내가 아니란 말이야."

바르벨은 무언가를 알아내려는 듯이 다시 입을 열었다.

"한 가지 궁금한 게 있어. 고원 아저씨는 대체 왜 그런 눈빛을 하고 저 알프스 높은 산 위에서 혼자 지내는 거야? 사람들 앞에 통 얼굴을 내밀지 않고……. 어떤 좋지 않은 일을 저지르기라도 한 거야? 마을 사람들도 이러쿵저러쿵 말이 많아. 데테, 너는 틀림없이 뭔가 알고 있지? 분명히 네 언니가 말해 주었을 텐데, 그렇지?"

"물론 알고는 있지. 그렇지만 말하지 않을래. 아저씨가 알게 되면 날 가만두지 않을 거야."

바르벨은 데테를 만난 것이 무언가를 알아낼 수 있는 절호의 기회라고 생각했다. 데테의 강경한 태도에도 바르벨은 데테의 팔짱을 끼며 친근한 척 말했다.

"너는 분명히 그 사건의 진실을 처음부터 끝까지 다 알고 있을 거야. 자, 이야기해 줘! 왜 마을 사람들이 예전부터 고원 아저씨를 그렇게 무서워했을까? 아니면 고원 아저씨가 먼저 마을 사람들을 싫어했을까?"

조금 전과 달리 데테는 약간 누그러진 말투로 입을 열었다.

"고원 아저씨가 예전부터 그랬는지는 나도 잘 몰라. 나는 이제 스물여섯 살이고, 그분은 분명 일흔 살은 됐을 거야. 그러니까 그분이 젊었을 때 어땠는지 내가 모르는 것이 당연하지. 그렇지만 고원 아저씨에 얽힌 이야기가 마을에 떠들썩하게 퍼지지 않는다면, 너한테 조금은 말해 줄 수 있을지도 모르지."

바르벨은 기분이 약간 상했다.

"에이, 무슨 소리를 하는 거야. 우리 프레티가우 마을은 남의 이야기를 함부로 하는 곳이 아니야. 나도 꼭 그래야 한다면 절대 말하지 않는다고. 그러니까 안심하고 말해 봐! 후회하는 일 없을 거야."

"좋아, 알았어. 이야기해 줄게. 아무에게도 말하지 않는다고 약속해야 해!"

데테는 말하기 전에 바르벨에게 다짐을 받았다. 또 하이디가 자기 말을 들을까 염려되어 주위를 둘러보았다. 그런데 하이디가 보이지 않았다. 두 여자는 이야기에 정신이 팔려 하이디를 까맣게 잊어버리고 있었다. 데테는 그 자리에 가만히 서서

주위를 둘러보았다. 오솔길은 구불구불했지만 되르플리 마을
까지 한눈에 내려다볼 수 있었다.

"하이디! 하이디! 어디 오고 있는 거야?"

바르벨이 소리쳤다.

"저기 있어. 저기 보이니?"

바르벨이 저 멀리 아래쪽으로 난 기다란 길을 가리키면서 말
했다.

"염소치기 페터랑 비탈길을 올라오고 있어. 어쨌든 잘됐다.
페터가 아이를 잘 돌볼 테니까! 이제 걱정 말고 이야기해 봐."

그러자 데테가 덧붙여 말했다.

"페터가 아이를 돌보느라고 수고할 일은 없을 거야. 하이디
는 다섯 살 아이치고는 무척 영리하고 언제나 생각이 깊은 아
이거든. 저 아이를 맡아 기르면 틀림없이 고원 아저씨한테도
좋을 거야."

바르벨은 고원 아저씨 이야기를 데테한테 다시 재촉했다.

할아버지

"이제는 아저씨한테 염소 두 마리와 오두막집 한 채밖에 남은 게 없어."

데테가 혼잣말로 중얼거리자 바르벨이 뜻밖이라는 얼굴로 되물었다.

"고원 아저씨가 예전에는 재산이 더 많았단 말이야?"

데테가 큰 소리로 대답했다.

"물론이지. 예전에는 재산이 아주 많았어. 아저씨는 젊었을 때, 고향 마을에서 제일가는 부자였어. 돔레슈크에서 가장 크고 좋은 농장도 갖고 있었다고 해. 아저씨가 큰아들이고, 남동생이 하나 있었대. 동생은 조용하고 착실한 사람이었지만, 아저씨는 그렇지 않았어. 일은 전혀 하지 않고 여기저기 유람이나 하고, 근본도 모르는 나쁜 사람들과 어울리기나 할 뿐, 하는 일이 없었지. 결국 술과 도박으로 농장을 통째로 날려 버리고 만 거야."

"아저씨네 가족들이 많이 속상했겠네."

"그렇지, 아저씨네 부모님은 속상한 나머지 차례로 세상을 뜨셨어. 졸지에 빈털터리가 된 남동생도 화가 나서 고향을 버리고 다른 도시로 나갔지. 그 후 소식이 없어서 어디 사는지는 아무도 몰라."

데테는 짧게 한숨을 내쉬고는 이야기를 계속했다.

"아저씨도 자신에 대해 나쁜 평판만 들려오자 모습을 감추었지. 처음에는 어디로 갔는지 아무도 몰랐어. 군대에 들어가 이탈리아 나폴리로 떠났다는 소문이 있었지만, 그 뒤로는 오랫동안 아무 소식도 들리지 않았어. 그런데 어느 날 갑자기 돔레슈크에 다 자란 사내아이를 떡하니 데리고 나타난 거야. 아저씨는 사내애를 친척 집에 맡기고 싶어 했지만, 모두들 대문을 걸어 잠그고 아저씨를 만나 주지 않았단다. 친척들의 냉대에 화가 많이 난 아저씨는 다시는 돔레슈크에 발걸음도 하지 않겠다고 큰소리치고는 여기 되르플리로 들어와 사내아이랑 살았지."

"그 사내아이의 엄마는 누구야?"

"사내아이의 엄마는 다른 지방의 여자였던 것 같아. 그런데 금세 여자를 잃어버렸나 봐. 아저씨는 데리고 온 사내아이 토비아스에게 목수 기술을 가르쳤어. 토비아스는 착실해서 마을의 모든 사람들이 좋아했다고 해. 하지만 아저씨를 믿는 사람은 아무도 없었어. 또 이런 소문도 돌았어. 아저씨가 전쟁터가 아닌 군대 내에서 싸움을 하다가 사람을 죽였다나? 뭐 그래서 좋지 않은 일이 일어날까 봐 군대에서 몰래 도망쳤다는 거야. 하지만 우리는 아저씨를 친척으로 받아들였단다. 우리 외가 쪽 증조할머니가 아저씨의 할머니랑 친자매거든. 그래서 우리가 그분을 아저씨라 부르게 된 거야."

"아, 그래!"

"되르플리 마을 사람들 대부분이 우리와 친가 쪽 친척이라서 모두 그분을 아저씨라 부르게 된 거야. 그리고 아저씨가 알프스 높은 곳으로 올라간 다음부터는 '알프스 고원 아저씨'라고 부른 거지."

바르벨이 호기심에 찬 듯 물었다.

"그럼 대체 토비아스는 어떻게 됐어?"

"토비아스는 여기에서 좀 떨어진 지방에서 기술을 쌓아 정식 목수가 되었고, 되르플리로 돌아와서 우리 언니 아델하이트와 결혼했지. 두 사람은 서로 사랑했고, 결혼하고 나서도 사이가 무척 좋았어. 그렇지만 결혼 한 지 2년째 되던 해에 토비아스 형부가 집 짓는 일을 돕다가 떨어진 대들보에 깔려 그만 죽고 말았어. 그 후 우리 언니도 심한 충격과 슬픔을 견디지 못하고 몸져누웠어. 결국 형부가 죽은 지 몇 주 지나지 않아 언니도 하늘나라로 가 버렸지."

마을 사람들은 두 사람의 운명에 대해 떠들어 댔고, 아저씨가 하느님을 믿지 않고 방탕한 생활을 했기에 벌을 받았다고 수군거렸다. 심지어는 목사님까지도 아저씨의 양심에 대고 '이제 자신의 죄를 뉘우쳐야 한다.'고 다그쳤다. 그러면 그럴수록 아저씨는 더욱 무섭고 고집 센 사람으로 변해 어느 누구와도 말하려 하지 않았다. 마을 사람들도 아저씨를 슬슬 피하는 지경에 이르렀다.

그러던 어느 날, 갑자기 아저씨가 알프스의 높은 곳으로 올라가 오두막집을 짓고 살면서 다시 내려오지 않는다는 소문이 들렸다. 교회에도 더 이상 나오지 않는다고 했다. 그때부터 아저씨는 고원에 홀로 남아 사람들은 물론 하느님하고도 등진

채로 살았던 것이다.

"아델하이트 언니의 딸을 우리 엄마와 내가 데려왔지. 그때 그 아이는 겨우 한 살이었어. 지난여름에 엄마가 돌아가셨고, 나는 윗마을 우르젤 할머니께 돈을 주고 아이를 맡긴 채 돈을 벌어야 했어. 그렇지만 이제는 프랑크푸르트에 더 많은 월급을 받을 수 있는 일자리가 생겼어. 좋은 자리라 놓치고 싶지 않아."

"그렇다고 고원 아저씨한테 저렇게 어린 여자아이를 맡기려는 거야?"

데테가 대답했다.

"그럼 내가 어떻게 해. 난 아이에게 할 도리를 다했어. 이제 겨우 다섯 살짜리 아이를 데리고 프랑크푸르트로 갈 수는 없잖아."

지금까지 데테를 따라온 바르벨이 말했다.

"자, 우리 여기서 헤어지자. 난 페터네와 할 말이 있어서 저 오두막에 좀 들러야 해. 페터 엄마가 겨울이면 내게 실을 자아 주거든. 부탁해야 할 일도 있고. 그럼 부디 잘 지내. 데테, 네게 행운이 가득하길 빌게!"

바르벨이 오두막으로 걸어가자 데테는 그 자리에서 하이디를 10여 분 정도 기다렸다. 하이디와 염소치기 소년이 어디쯤 왔는지 살펴보려고 이리저리 두리번거려 보았지만 아이들은 보이지 않았다. 데테는 알프스 고원 전체를 아래까지 훤히 내려다볼 수 있는 곳으로 더 높이 올라가서 이쪽저쪽 둘러보았지만 아이들이 보이지 않아 조바심이 났다.

아이들은 길을 벗어나 멀리 빙 돌아오고 있었다. 무거운 옷을 잔뜩 껴입은 하이디는 덥기도 하고 불편하기도 해서 힘겹게 숨을 몰아쉬며 염소치기 페터를 쫓아갔다. 페터는 맨발에 가벼운 짧은 바지 차림으로 조금도 힘들어하지 않았다. 염소들이 가늘고 날씬한 다리로 덤불과 돌부리를 거뜬히 뛰어 올라가는 모습이 하이디의 눈에 들어왔다.

"아이, 더워. 나도 다 벗어 버릴 거야."

하이디는 갑자기 땅에 털썩 주저앉더니 순식간에 신발과 양말을 벗어 버렸다. 그리고 두꺼운 목도리, 작은 치마, 그 속의 또 다른 치마까지 모두 재빨리 벗어 버렸다. 눈 깜짝할 사이에 평상복까지 다 벗어 버린 아이는 옷가지를 한쪽에 차곡차곡 쌓아 놓은 다음 페터와 나란히 염소들의 뒤를 쫓아 비탈길을 뛰어 올라갔다.

몸이 가뿐해져 기분이 홀가분한 하이디는 페터에게 말을 걸기 시작했다. 산이 어쩌면 이렇게 가파른지, 앞으로 얼마나 더 올라가야 하는지, 어떻게 하면 염소들을 잘 몰고 다닐 수 있는 지 등 쉴 새 없이 질문을 퍼부어 댔다. 페터는 귀찮아하면서도 일일이 대답을 해 주었지만, 이마에서는 땀이 흘러내렸다.

두 아이는 염소들과 함께 오두막 근처까지 와서야 비로소 데 테 이모의 눈에 띄었다. 이모는 비탈을 올라오는 아이들을 보 자마자 비명을 질렀다.

"아니, 하이디! 너 도대체 무슨 짓을 한 거야? 꼴이 그게 뭐 야? 치마랑 그 안에 입었던 치마, 목도리, 다 어디 있어? 산에 온다고 신발이며 양말, 다 새로 지어 주었더니 몽땅 버렸구나! 하이디, 도대체 옷을 어디다 버린 거야?"

하이디는 태연하게 산 아래쪽을 가리키며 대답했다.

"저 아래."

데테 이모는 화가 나서 소리를 질렀다.

"아유, 이 말썽꾸러기! 도대체 무슨 생각으로 옷을 몽땅 버 린 거야, 응?"

하이디는 여전히 아무 일도 없었다는 듯 대답했다.

"이제 저런 거 필요 없어."

그렇지만 데테는 구시렁거리며 계속 아이를 나무랐다. 결국 이모는 페터에게 동전 5라펜을 건네며 하이디의 옷을 챙겨 고원 아저씨 댁까지 가져오게 했다.

할아버지는 오두막 벽 앞에 놓여 있는 벤치에 앉아 파이프 담배를 피우면서 골짜기를 내려다보고 있었다. 그때 산비탈을 오르는 아이들과 염소 떼, 그리고 데테가 눈에 들어왔다. 앞장서서 걷던 이모는 점점 뒤처져서 일행의 맨 뒤에 있었고, 여자아이가 맨 먼저 고원 아저씨의 오두막에 도착했다.

"안녕하세요, 할아버지!"

할아버지는 아이의 손을 잠깐 잡아 주고는 이내 무뚝뚝하게 물었다.

"그래, 그래! 무슨 일이니?"

데테가 바로 대답했다.

"하이디를 아시죠? 토비아스 형부와 아델하이트 언니가 낳은 딸아이를 데려왔어요. 아마 아이를 못 알아보실 거예요. 아저씨는 이 아이가 채 한 살도 안 되었을 때 마지막으로 보셨으니까요."

"그래서 그게 어쨌다는 거야! 저 아이를 왜 내 집으로 데려왔지?"

할아버지는 하이디의 옷 보따리를 들고 엉거주춤 서 있는 페터를 무섭게 쏘아보며 소리쳤다.

"페터, 넌 이제 염소나 몰고 어서 풀밭으로 올라가! 늦었다. 우리 염소들도 같이 데리고 가거라!"

페터는 곧장 산 위로 모습을 감추었다.

데테 이모는 할아버지의 호통에도 아랑곳하지 않고 태연하게 말했다.

"저는 지금 프랑크푸르트로 남의집살이를 하러 가요. 그래서 하이디를 아저씨께 맡기려고요."

"그건 안 돼! 이런 어린아이를 산속에서 기르라니, 그게 말이나 되는 소리야?"

"그렇지만 제 사정도 딱하다고요. 저도 지난 4년간 제 할 도리를 충분히 다했다고 생각해요. 이제는 아저씨 차례예요. 아저씨도 아저씨 도리를 다하셔야 되겠지요?"

"좋아, 내가 아이를 맡지. 그런데 아이가 다른 아이들처럼 이모가 보고 싶다고 울고불고하면 어쩌지?"

데테가 냉큼 대꾸했다.

"그건 아저씨가 해결할 문제예요. 겨우 한 살짜리 아이가 내 손에 맡겨졌을 때 갓난아이를 어떻게 키워야 한다고 저에게 말해 준 사람은 아무도 없었어요."

데테 이모의 마지막 말에 할아버지는 자리에서 벌떡 일어나 데테를 노려보았다. 할아버지의 눈빛이 무서워 이모는 뒤로 주춤주춤 물러났다. 할아버지는 팔을 번쩍 들어 올리며 명령 하듯 말했다.

"지금 당장 내려가! 내 눈앞에서 썩 꺼지라고! 다시는 이곳 에 올 생각도 말고."

데테는 할아버지의 고함 소리에 놀라, 서둘러 작별 인사를 했다.

"그럼 안녕히 계세요. 하이디, 너도 잘 지내!"

데테는 뒤도 돌아보지 않고, 되르플리까지 잰걸음으로 내려 가 버렸다.

산 위의 첫날

데테가 사라지자, 할아버지는 다시 긴 나무 의자에 앉아 담배 연기만 내뿜었다. 땅바닥만 뚫어져라 내려다볼 뿐 한마디도 하지 않았다.

그동안 하이디는 기분이 좋은지 오두막을 이곳저곳 둘러보았다. 염소 우리도 기웃거려 보고, 오두막 뒤 전나무 쪽에도 발걸음을 옮겨 나뭇가지가 바람에 흔들리는 소리에 가만히 귀를 기울였다. 바람이 잔잔해지자 하이디는 오두막의 모퉁이를 돌아 다시 할아버지 앞으로 다가갔다. 뒷짐을 지고 서서 할아버지의 얼굴을 가만히 들여다보았다. 하이디가 한참을 꼼짝 않고 서 있자 할아버지가 물었다.

"이제 뭘 하고 싶니?"

"할아버지, 오두막을 구경하고 싶어요."

"그래? 그럼 따라오너라. 저기 네 옷 보따리는 가져오고."

"이제 저건 필요 없어요."

"왜 필요 없다는 게냐?"

"저는 염소처럼 뛰어다니고 싶어요. 염소는 발이 가늘고 가볍잖아요."

"그렇구나. 그래도 옷은 가져오너라. 벽장 안에 넣어 두자."

하이디는 할아버지의 말에 고분고분 따랐다. 오두막 문을 열고 들어서니 방 안에는 식탁과 의자가 각각 하나씩 있고, 한쪽 구석에는 할아버지의 침대가 놓여 있었다. 하나로 되어 있는 넓은 방은 물건들이 잘 정돈되어 넓고 깨끗했다.

"할아버지는 깔끔한 분이시군요. 집이 참 좋아요."

뜻하지 않은 칭찬을 들은 할아버지는 기분이 좋아졌다.

"그런데 저는 어디에서 자야 해요? 여긴 침대가 하나밖에 없잖아요……."

하이디가 걱정스럽다는 듯이 물었다.

"네가 한번 좋은 곳을 골라 보려무나."

하이디는 이곳저곳 둘러보다가 할아버지 침대 뒤에서 자그

마한 사다리를 찾아냈다. 그걸 타고 올라가 보니까, 기분 좋은 향기를 풍기는 마른풀이 잔뜩 있는 다락방이 나왔다. 그곳에는 둥근 창문이 하나 있어서, 산 아래의 골짜기와 들판이 한눈에 다 보였다.

"전 여기서 잘래요. 이 다락방 굉장히 멋있어요. 할아버지도 한번 창밖을 보세요."

"나도 벌써 알고 있단다."

"지금 제 침대를 만들래요. 침대보를 하나 주세요. 침대 위에는 침대보를 깔아야 해요."

할아버지는 벽장 안을 이리저리 뒤적이더니 올이 성긴 기다란 천 하나를 끄집어냈다. 침대보로 사용하기에 손색이 없었다. 할아버지는 마른풀을 한 아름 더 가져와 푹신한 잠자리를 만들었다.

"자, 이걸 마른풀 위에 깔아 보자. 어때, 이만하면 훌륭한 잠자리지?"

"할아버지, 이불도 있어야 해요. 잠잘 때 침대보와 이불 사이로 기어 들어가 누워야 하니까요."

"그래, 그렇구나."

하이디는 이불이 없으면 마른풀을 덮고 자도 된다고 생각했

지만, 할아버지는 마로 만든 커다란 포대를 좍 펼쳐 주었다. 침대며 침대보, 이불까지 모든 것이 훌륭하고 튼튼해 보였다.

"할아버지, 침대에 누워 보게 어서 빨리 밤이 되었으면 좋겠어요."

침대에 온 마음을 다 빼앗긴 하이디에게 할아버지가 말했다.

"우선 뭘 좀 먹어야겠구나. 배고프지 않니?"

하이디는 아침 일찍 빵 한 조각과 묽게 탄 커피 한 잔을 먹은 뒤 지금까지 아무것도 먹지 않고 먼 여행을 했다. 그러니 배가 몹시 고팠지만 침대를 꾸미느라 온통 마음이 그곳에 쏠려 있었다.

할아버지는 얼른 불을 지펴 음식을 준비했다. 하이디는 시키지도 않았는데 접시 두 개와 나이프 두 개를 식탁 위에 가지런히 차려 놓았다.

할아버지가 빵 위에 구운 치즈를 올려놓으며 말했다.

"스스로 무언가를 생각하고 해낼 줄 아는 건 참으로 장한 일이란다."

하이디는 식탁 위에 또 무엇이 필요한지 생각해 보더니 벽장 안에서 작은 사발 하나와 유리컵을 찾아와 식탁 위에 올려놓았다.

'참 영리한 아이구나!'

할아버지는 하이디에게 염소젖을 따라 주며 생각했다. 하이디는 몹시 목이 말랐던지 염소젖을 한 번도 쉬지 않고 마시고 또 마셨다.

"염소젖이 입에 맞니?"

"할아버지, 이렇게 맛있는 우유는 처음이에요!"

"그럼 좀 더 마시렴."

할아버지도 아주 오랜만에 환한 웃음을 지었다.

식사가 끝난 뒤, 할아버지는 염소 우리를 깨끗이 청소하고, 염소들이 잘 잘 수 있도록 새 짚을 깔아 주었다. 그러고는 다시 옆에 있는 작은 헛간으로 갔다. 그곳에서 널빤지를 둥글게 자르고 구멍을 뚫은 뒤 둥근 나무 막대들을 널빤지 구멍에 끼워 넣고 똑바로 세웠다. 그러자 어느새 의자가 만들어졌다.

"제 의자를 만드시는 거죠?"

하이디를 물끄러미 바라보던 할아버지는 '정말 영리한 아이야.' 하고 혼잣말을 했다.

마침 그때, 저녁 바람을 타고 힘찬 휘파람 소리가 들려왔다. 페터가 염소들을 몰고 산을 내려온 것이다. 페터의 염소 떼 가운데서 날씬하고 예쁘게 생긴 염소 두 마리가 무리에서 떨어

져 나와 할아버지 앞으로 달려왔다. 두 마리 중 하나는 흰색이
었고, 하나는 갈색이었다.

"하이디, 난 페터야. 잘 있어, 내일 또 보자! 참, 할아버지도
안녕히 계세요."

페터는 나머지 염소를 몰고 산을 내려갔다.

하이디는 새로 만난 염소들과 곧 친해졌다.

"할아버지, 이 염소들은 다 우리 염소죠? 얘들이 언제까지나
제 친구였으면 좋겠어요. 저도 얘들을 잘 보살펴 줄 거예요."

기쁨에 들뜬 하이디는 염소 주위를 빙빙 돌면서 뛰어다녔다.

"물론이지. 이 하얀 녀석의 이름은 '백조'고, 이 작은 갈색 염
소는 '작은 곰'이란다."

할아버지가 자세하게 설명해 주었다.

"안녕, 백조! 안녕, 작은 곰! 나는 하이디라고 해. 이제부터
우리 친하게 지내자."

하이디는 염소들이 귀여워 못 견디겠다는 듯, 염소 두 마리
를 번갈아 끌어안고 입을 맞췄다.

"안에 들어가서 작은 사발과 빵을 가지고 오렴."

할아버지는 흰 염소의 젖을 한 사발 가득 짠 다음 빵 한 조각
을 자르며 말했다.

"자, 어서 먹고 올라가 자야지. 데테 이모가 네 물건이 들어 있는 작은 보따리를 하나 더 두고 갔단다. 그 속에 네 속옷과 잠옷이 있는 것 같으니 필요하면 꺼내서 입고 잘 자거라."

하이디도 할아버지께 밤 인사를 했다.

"안녕히 주무세요, 할아버지!"

할아버지는 늘 해가 뜰 무렵 새벽에 일어나야 하기 때문에 빨리 잠자리에 들었다. 여름철이지만, 밤에는 종종 세찬 바람 때문에 오두막 전체가 덜커덩덜커덩 흔들렸다. 그날 밤에도 바람 때문에 대들보가 요란하게 삐거덕거렸다. 할아버지는 잠 자리에서 일어나 중얼거렸다.

'아이가 많이 무서워하겠군.'

할아버지는 사다리를 타고 하이디의 침대 곁으로 다가갔다. 달빛이 다락방의 둥근 창문으로 환하게 새어 들어와 하이디의 침대를 비추었다. 무슨 즐거운 꿈을 꾸는지 자그마한 얼굴에 웃음을 머금고 있었다. 할아버지는 평화롭게 자는 아이 얼굴을 오래도록 물끄러미 지켜보더니, 안심하는 얼굴로 몸을 돌려 내려왔다.

알프스는 아름다워

하이디는 경쾌한 휘파람 소리에 잠을 깼다. 밝은 햇살이 둥근 창으로 쏟아져 들어와 마른풀 더미를 비추었다. 주위가 온통 황금색으로 물들어 있어서 깜짝 놀랐다. 자신이 어디에 있는지 알 수가 없었다. 그때 바깥에서 할아버지의 굵은 목소리가 들려왔다.

'아! 여기는 우르젤 할머니 집이 아니지. 알프스 고원 할아버지의 오두막이지.'

하이디는 새로운 집에서 눈을 떴다는 것이 낯설었지만 어쩐지 기분이 좋았다. 서둘러 일어나 옷을 챙겨 입고 오두막 밖으로 뛰어나왔다. 할아버지와 염소들에게 아침 인사를 하려고 할아버지를 향해 달려갔다.

"너도 고원의 풀밭에 가고 싶니?"

"네, 할아버지! 저도 풀밭에 가고 싶어요."

하이디는 기뻐서 폴짝폴짝 뛰었다.

"그럼 먼저, 깨끗이 씻고 오거라. 안 그러면 해님이 흉본단다. 해님은 반짝반짝 빛나는데, 시커먼 네 모습을 보면 놀리지 않겠니?"

하이디는 물통을 향해 뛰어가 얼굴에서 빛이 날 만큼 깨끗하게 문질러 씻었다.

할아버지는 오두막으로 들어가며 페터를 불렀다.

"염소 대장, 네 점심 자루를 가지고 이리 들어오너라!"

할아버지는 커다란 빵과 그만큼 큰 치즈 한 덩어리를 넣어 주며 말을 이었다.

"자, 여기 사발도 넣었다. 저 아이는 너처럼 염소젖을 직접 빨아 마시지 못한다. 네가 점심때 잊지 말고 두 사발 가득 염소젖을 짜 주렴. 잘 데리고 올라갔다가 네가 산에서 내려올 때 데리고 오너라. 저 아이가 바위에서 굴러떨어지지 않도록 조심하고!"

하이디는 페터를 따라 염소 떼를 몰고 산으로 올라갔다. 파란 하늘에는 구름 한 점 없고, 들판에는 마치 수를 놓은 것처럼 온갖 꽃들이 아름답게 피어 있었다.

하이디는 신바람이 나서 꽃 사이를 마구 뛰어다녔다. 염소들도 사방으로 흩어졌다. 하이디는 가는 곳마다 꽃을 한 무더기씩 꺾어 작은 앞치마에 담았다.

'아! 참 예쁘다. 내가 잠자는 다락방을 이 풀밭처럼 예쁘게 꾸밀 거야.'

페터는 하이디가 바위에서 굴러떨어지기라도 할까 봐 가슴이 조마조마했다.

"하이디, 너 어디 있니? 바위 있는 곳에 가면 안 돼! 네가 떨어져 다치기라도 하면 고원 아저씨한테 내가 된통 혼이 난단 말이야!"

어디선가 하이디의 목소리가 들렸다.

"나, 여기 있어!"

하이디는 꽃 속에 들어 앉아 있었다. 그런데 갑자기 하이디의 머리 위에서 크고 날카로운 새 울음소리가 들렸다.

"페터! 페터! 저기 좀 봐! 독수리가 나타났어! 저 위를 좀 보라고!"

페터가 일어나 살펴보니 독수리는 파란 하늘 위로 점점 더 높이 날아오르더니 바위산 너머로 모습을 감추었다.

"저 새는 어디로 간 거야?"

페터가 무뚝뚝하게 대답했다.

"자기 둥지로 날아갔어."

하이디가 쉬지 않고 물었다.

"둥지가 뭐야? 독수리가 사는 집이야? 와, 저렇게 높은 곳에 집이 있어? 얼마나 아름다울까? 그런데 왜 독수리는 큰 소리로 우는 거야?"

하이디는 페터에게 이것저것 귀찮게 묻고, 거기다 독수리가 사는 바위산에 가자고 페터를 조르기도 했다. 하이디를 흉내 내어 이리저리 마구 뛰어다니는 염소들을 함께 돌봐야 하는 페터는 다른 날보다 훨씬 힘이 들었다. 그래서인지 배가 금방 고파졌다.

"이리 와, 점심 먹자."

페터는 작은 사발을 들고 백조에게 가서 신선한 젖을 짠 다음, 할아버지가 준비해 주신 점심 보자기를 통째로 하이디에게 주었다. 하이디는 빵을 꺼내 큼직하게 잘라서 커다란 치즈를 얹어 페터에게 내밀었다.

"염소젖을 두 사발이나 마셨더니 배가 불러. 페터, 이거 더 먹어. 난 이것만 먹을래."

하이디가 내민 빵 덩어리는 페터가 자기 집에서 점심으로 챙겨 온 빵보다 훨씬 더 컸다.

페터는 깜짝 놀랐다. 자기는 지금까지 그렇게 말하며 무엇인가를 다른 사람에게 준 적이 없었고, 또 어느 누구도 자기에게 이렇게 친절하게 대해 준 사람이 없었기 때문이었다. 하이디는 어리지만 정이 많은 아이라는 생각이 들었다. 페터의 마음도 따뜻해졌다.

페터가 맛있게 점심을 먹는 동안 염소들을 보고 있던 하이디가 물었다.

"페터, 염소들 이름이 뭐야?"

페터는 염소들 이름을 아주 정확하고 막힘없이 줄줄 읊었다. 하이디는 정신을 바짝 차리고, 페터의 말을 주의 깊게 들었다. 그리고 얼마 지나지 않아 염소들 이름을 한 마리 한 마리 잘 구분하여 부를 수 있게 되었다.

"그런데 저 흰눈이는 뭘 도와 달라고 우는 거야?"

"엄마 염소가 같이 오지 않아서 그런 거야. 주인이 그저께 늙은 엄마 염소를 팔았거든. 그래서 흰눈이 엄마는 이제 알름 산에 풀을 뜯으러 올라오지 않아."

하이디는 가엾은 마음에 작은 염소를 꼭 끌어안아 주었다. 흰눈이는 기분이 좋아진 듯 하이디의 어깨에 머리를 비비며 더는 울지 않았다.

하이디는 풀밭에 벌렁 드러누운 페터에게 말했다.

"페터, 염소들 가운데 우리 백조와 작은 곰이 제일 예뻐. 그렇지?"

"그래, 나도 그렇게 생각해. 고원 아저씨가 매일 그 염소들을 씻어 주고 닦아 주시니까. 또 소금도 먹이고, 염소 우리도 가장 좋으니까."

페터는 하이디와 함께 멀리까지 풀을 뜯어 먹으러 가 버린 염소들도 잡아 오고, 하이디의 말동무도 해 주며, 어느 날보다 바쁜 하루를 보냈다.

온 풀밭의 꽃들이 황금빛으로 빛날 때, 페터는 휘파람을 불어 염소들을 불러 모은 뒤 하이디를 데리고 오두막으로 내려왔다. 백조와 작은 곰이 할아버지 뒤를 따라 자기네 우리로 들어가자 페터는 하이디의 등에 대고 소리쳤다.

"하이디, 내일 또 같이 목초지에 가자. 잘 자!"

하이디는 페터에게 손을 흔들어 주고, 할아버지를 따라 들어갔다.

"할아버지, 산이 정말 예뻤어요. 바위에 핀 장미꽃이랑 파란 꽃, 노란 꽃도 보았어요. 그리고 좀 전에는 산에 덮인 눈에서 아주 빨갛게 타오르는 불도 보았어요. 이거, 할아버지 드리려고 따 온 꽃이에요."

하이디는 온갖 꽃이 가득 들어 있는 앞치마를 자랑스럽게 펼쳐 보였다.

그런데 꽃은 언제 그렇게 탐스러웠나 싶게 시들어 있었다.

"아, 이게 어떻게 된 거지? 분명 아까는 너무 예쁘게 피어 있었는데……."

"저런, 다 시들었구나. 하이디, 산에 피는 꽃은 해님의 빛을 받고 피어 있을 때가 가장 신 나는 법이란다. 이렇게 앞치마에 갇히면 숨이 막혀 죽는 거야."

"그럼, 다시는 꽃을 따지 않을래요. 그런데 할아버지, 왜 산 새들은 하늘로 올라가면서 큰 소리로 우는 걸까요?"

"그건 말이다. '남을 욕하는 건 나빠요. 자유롭게 살고 싶은 사람은 우리처럼 높은 산으로 오세요. 산 위에서 사는 것은 즐겁답니다.' 이러는 거란다."

할아버지는 아직 어린 하이디가 알아듣기 쉽게 풀어서 설명했다.

"그렇군요. 그럼 우리가 돌아올 때 갑자기 산봉우리와 풀밭이 온통 불길이 솟아오르는 것처럼 빨갛게 물드는 것은 왜 그래요?"

"그건 말이다. 해님이 온 산들에게 잘 자라고 인사를 하는 거란다. '내일 꼭 다시 올게요.' 하는 약속의 표시로 제일 눈부시고 근사한 빛을 뿌려 주는 거란다. 다음 날 아침에 다시 만날 때까지 자기를 잊지 말라고 말이야."

할아버지의 말을 듣고 하이디는 다시 한 번 그때의 감동을 떠올렸다. 그리고 자기가 물어보는 것마다 척척 잘 가르쳐 주는 할아버지가 자랑스러웠다.

하이디는 마른풀로 꾸민 침대에서 산과 초원에 핀 예쁜 꽃들, 낮에 염소들과 뛰놀던 일과 장밋빛으로 붉게 물들던 저녁 산을 떠올리면서 깊이 잠이 들었다.

페터네 할머니

밝은 해가 떠오르면 하이디는 페터와 염소들을 따라서 날마다 산 위에 있는 목초지로 올라갔다. 하이디는 늘 풀밭에서 신선한 바람을 쐬고 적당히 햇볕에 그을려 피부가 가무잡잡해졌지만, 처음 알름 산에 왔을 때보다 키도 훌쩍 크고 몸도 많이 튼튼해졌다. 푸른 숲 속에서 즐겁게 살아가는 작은 새처럼 하이디는 더없이 행복하고 신이 났다.

어느새 가을이 오고 바람이 세차게 부는 날이 많아졌다. 그리고 마침내 겨울이 되었다. 눈이 많이 와서 길이란 길은 다막혀 버렸다. 이제 염소 대장 페터도 염소들도 더 이상 산에 올라갈 수 없게 되었다.

할아버지의 오두막집은 완전히 눈에 파묻혀 지붕만 보였다. 그래서 대낮에도 불을 켜고 살아야 했다.

간신히 눈이 그친 어느 날, 할아버지는 밖으로 나가 집 앞에 쌓인 눈을 치워 앞문과 창문을 자유롭게 쓸 수 있도록 했다.

하이디는 오랜만에 창가에 서서 눈 덮인 바깥 경치를 내다보았다.

"할아버지, 밖을 보니 참 좋아요. 아, 저기, 페터예요! 페터가 오고 있어요!"

산 아래 저쪽에서 페터가 눈사람처럼 새하얗게 눈을 뒤집어쓰고 올라오고 있었다.

"안녕하셨어요?"

"오냐, 오느라고 힘들었지?"

할아버지는 웃음 띤 얼굴로 페터를 맞았다.

"눈이 그쳐서 온 거예요. 오랫동안 하이디를 못 봐서 궁금했거든요. 잘 있었니?"

"반가워, 페터. 좀 앉아."

"염소 대장! 염소들이 쉬니까, 이젠 너도 연필과 공책하고 씨름을 하겠구나."

"페터가 왜 연필과 공책하고 씨름을 해요, 할아버지?"

하이디는 그게 무슨 뜻이냐는 얼굴로 할아버지께 물었다.

"페터는 겨울 동안 학교에 다닌단다."

하이디는 학교란 곳이 무엇을 하는 곳인지 무척 궁금했다. 그러나 어찌 된 일인지 페터는 제대로 설명해 주지 못했다.

하이디는 마음속으로 '학교란 좋은 곳이 아닌가 보다.' 하고 생각했다.

페터가 눈에 젖은 옷을 다 말리자, 할아버지가 저녁 식사거리를 꺼내 오며 말했다.

"자, 대장님, 몸도 녹고 옷도 말렸으니 이제 배를 채워야지. 이리 와서 같이 먹자."

고원 할아버지가 잘 말린 훈제 고기를 큼직하게 썰어 두꺼운 빵 위에 얹어 주자 페터는 오랜만에 따뜻하고 만족스러운 음식을 먹게 되어 기분이 몹시 좋았다.

페터는 돌아갈 때, 하이디에게 말했다.

"하이디, 우리 엄마와 할머니께서 너를 한번 만나 보고 싶다고 하셨어. 내가 네 이야기를 많이 했거든. 그러니까 우리 집에 꼭 놀러 와, 응?"

하이디는 남의 집에 놀러 간다는 사실에 신이 나서, 다른 일에는 흥미를 잃고 말았다. 그래서 페터가 돌아가고 난 다음 날부터, 매일같이 페터네 집에 가게 해 달라고 할아버지를 졸라 댔다.

며칠이 지난 어느 날 아침, 눈으로 덮였던 들판이 꽁꽁 얼어 붙어서 얼음처럼 딱딱해졌다. 그 위를 걸으면 '도드락! 도드락!' 신발 미끄러지는 소리가 들려왔다. 하늘은 맑고 햇빛은 눈부시게 빛났다. 점심을 먹으면서 하이디가 또 졸랐다.

"할아버지, 오늘은 꼭 갈래요. 할머니를 너무나 기다리게 했어요. 어른을 기다리게 하는 건 나쁜 일이잖아요?"

이 말을 들은 할아버지는 빙그레 웃으면서 창고 속에서 썰매를 꺼냈다. 그러고는 하이디에게 두꺼운 털옷을 입히고 따뜻한 양말을 신겼다. 그런 뒤, 하이디가 깔고 자는 담요에 하이디를 폭 싸고는 뒤로 떨어지지 않게 썰매에 잡아맸다.

"하이디, 꽉 붙잡고 있어야 한다."

썰매는 하얀 산비탈을 쏜살같이 미끄러져 내려갔다. 하이디는 마치 새가 되어 하늘을 나는 듯 상쾌한 기분이 들었다. 그래서 자신도 모르는 사이에 환호성이 터져 나왔다.

썰매는 단숨에 페터네 오두막 문 앞에 다다랐다.

"다 왔다. 들어가 보렴. 어두워지면 데리러 올 테니 그때까지 재미있게 놀아라."

할아버지는 하이디를 내려놓자마자 썰매를 끌고 산
위로 올라갔다.

하이디는 곧바로 문을 열고 안으로 들어갔다.

어둡고 좁다란 방에 식탁 하나가 덩그러니 놓여 있
고, 거기에 한 아주머니가 앉아 눈에 익은 페터의
스웨터를 깁고 있었다. 할머니는 방 한쪽에 앉아
물레를 돌리며 자꾸 귀를 쫑긋거렸다.

"안녕하세요, 저는 하이디예요. 이제야 할머니
를 만나러 왔어요."

앞이 보이지 않는 할머니는 고개를 들고, 하이
디가 내민 손을 더듬어 잡았다.

"응? 네가 바로 하이디로구나? 그런데 너 혼자
어떻게 왔니?"

"할아버지가 썰매로 여기까지 데려다 주셨어요."

"뭐라고? 고원 아저씨가 너를 여기까지 데리고 왔
다고? 믿을 수가 없구나."

"정말이에요. 할아버지가 날 담요에 꼭 싸서 썰매에
태워 여기까지 데려다 주셨어요."

할머니는 감탄하며 몇 번이고 계속 고개를 끄덕였다.

"세상에 이럴 수가! 고원 아저씨께서 직접 데려다 주시다니 하느님이 도우신 게야."

하이디는 방 안을 이리저리 둘러보았다. 어디선가 삐거덕거리는 소리가 들려왔다.

"할머니, 덧문 한 짝이 덜렁덜렁해요. 우리 할아버지에게 고쳐 달라고 해 볼게요."

"그래? 내게는 아무것도 안 보인단다."

할머니가 쓸쓸한 표정을 지으며 말했다.

"벌써 눈이 어두우신 거예요? 아니면 방 안이 너무 어두워서인가요?"

하이디가 이상해서 물었다.

"앞을 볼 수 없는 늙은이라서 그렇단다. 그런데 아저씨가 그렇게 해 주실까?"

"틀림없이 고쳐 주실 거예요. 제 의자도 만들어 주신걸요! 창문이나 식탁 같은 것을 얼마나 잘 고치신다고요."

하이디는 할아버지와 자기가 산에서 보내고 있는 즐거운 생활에 대해, 재잘재잘 이야기하기 시작했다. 하이디는 할아버지와 어떻게 살았는지, 알름 산 풀밭에서 어떻게 지냈는지 등을 비롯하여 할아버지가 나무로 식탁 의자, 긴 의자, 백조와 작은 곰에게 줄 마른풀을 담는 구유, 여름에 목욕할 수 있는 커다란 새 목욕통, 염소젖을 먹는 데 필요한 작은 사발, 숟가락 등 온갖 것을 만들 수 있다고 자랑을 늘어놓았다.

할머니는 그제야 고원 아저씨가 그동안 자신들이 생각하고 있었던 것처럼, 무서운 사람이 아니라는 것을 깨닫게 되었다. 그리고 하이디에게는 더없이 자상하고 훌륭한 할아버지라는 것도 알게 되었다.

그때, 학교에서 돌아온 페터가 하이디를 보더니 깜짝 놀라서 동그란 눈이 더욱 커졌다.

"안녕, 페터!"

페터는 하이디가 인사를 하자 반가워서 싱글벙글 웃으며 손을 흔들었다.

"페터, 오늘은 학교에서 뭘 배웠니?"

페터 할머니가 물었다.

"언제나 같은 거죠, 뭐."

페터는 학교 공부 따위에는 별 흥미가 없다는 듯 한숨을 쉬며 대답했다.

"너는 어째 그 모양이냐? 쯧쯧! 곧 열두 살이 될 녀석이 책 하나 제대로 못 읽고……. 큰일이야."

할머니는 몹시 못마땅한 듯 혀를 찼다.

"할머니, 페터에게 무슨 책을 읽으라고 하셨는데요?"

하이디가 두 눈을 반짝이며 물었다.

"저기 책상 위에 낡은 찬송가 책 보이지? 저걸 좀 읽어 달랬더니 전혀 못 읽더구나. 나는 아무것도 볼 수 없으니 그것만이 유일한 즐거움인데 말이다."

이런 이야기를 하고 있을 때, 페터의 어머니가 성냥을 찾으며 말했다.

"어머, 벌써 날이 저물었네! 램프를 켜야겠어."

그 말을 들은 하이디는 서둘러 일어나서 모두에게 작별 인사를 했다.

"할아버지가 나와 계실 시간이거든요. 모두들 안녕히 계세요. 또 놀러 올게요."

페터가 아쉬운 표정을 지으며 하이디를 배웅했다.

밖에 나와 보니, 할아버지가 벌써 썰매를 타고 산에서 내려오고 있었다.

"착하구나, 하이디. 제시간에 나와 주었구나!"

할아버지는 하이디를 다시 담요로 꽁꽁 싸서 품에 안고 산을 오르기 시작했다. 차가운 바람이 옷 속을 파고들었지만 하이디는 조금도 춥지 않았다.

하이디에게 목도리를 건네주려고 오두막을 나왔던 페터의 어머니는, 고원 아저씨가 아이를 단단히 싸서 품에 꼭 안고 오두막으로 돌아가는 뒷모습을 보았다.

다시 오두막으로 돌아온 페터 어머니의 말을 들은 할머니가 감격해서 말을 이었다.

"하느님, 감사합니다. 고원 아저씨가 아이에게 그토록 잘한다니, 감사합니다. 그 아이를 다시 보았으면 참 좋으련만, 아저씨가 또 아이를 매일매일 내게 보내 주겠지."

기쁨에 들뜬 할머니는 그날 밤 잠자리에 들기 전까지 내내 몇 번이고 같은 말을 되풀이했다.

다음 날 페터네 오두막 밖에서는 고원 할아버지가 집을 고치는 망치 소리가 하루 종일 알프스 알름 산 골짜기까지 울려 퍼졌다.

반갑지 않은 두 사람

　겨울은 빨리 지나갔다. 그다음에 찾아온 여름은 훨씬 더 빨리 지나갔다. 또다시 찾아온 겨울도 어느새 끝나 가고 있었다. 새봄이 오면 즐겁고 행복한 마음으로 눈부신 햇살 아래 활짝 모습을 드러낼 꽃들을 생각하니 하이디는 벌써 기분이 좋았다. 알프스 고원을 아름답게 해 줄 여름이 빨리 오기를 손꼽아 기다렸다.

　하이디도 이제 일곱 살이 되었다. 할아버지 오두막에서 지내는 동안 생활에 필요한 여러 가지 기술도 익혔고, 특히 염소 다루는 솜씨는 그 누구에게도 뒤지지 않을 정도가 되었다. 백조와 작은 곰은 하이디 목소리만 들어도 좋아서 '매애! 매애!'

하고 울며 강아지처럼 하이디의 뒤를 졸졸 따라다녔다.

그해 겨울 되르플리 학교 선생님은 페터를 통하여 두 번이나 하이디를 당장 학교에 보내야 한다는 전갈을 보냈다. 그렇지 만 할아버지는 두 번 모두 페터를 통해 선생님께 거절의 말을 전했다.

"나한테 할 말이 있으면 선생님께서 직접 오두막으로 찾아오 시라고 해라. 그리고 아이는 학교에 보내지 않겠다는 말도 전 하렴."

페터는 할아버지의 말을 그대로 선생님에게 전했다.

어느 날 아침, 하이디가 집 근처에서 놀고 있는데, 검은 양 복을 입은 사람이 할아버지를 찾아왔다.

"안녕하십니까, 고원 아저씨!"

할아버지는 나무로 숟가락을 깎다가, 깜짝 놀라 자리에서 벌 떡 일어나 무뚝뚝하게 인사를 했다.

"안녕하세요, 목사님!"

"고원 아저씨, 오늘 제가 찾아온 까닭은……."

목사님은 말끝을 흐리며 하이디를 돌아보았다.

그러자 할아버지가 부드러운 목소리로 말했다.

"하이디, 넌 우리에 가서 염소에게 소금 좀 주고 오렴."

하이디는 무슨 일인지 궁금했지만 꾹 참고 밖으로 나왔다.

"도대체 저 애를 어떻게 키울 생각이세요?"

"학교에는 절대 안 보낼 겁니다."

할아버지가 딱 잘라 말했기 때문에 목사님은 기분이 몹시 상했다.

"그렇다면 여기서 공부를 시키겠다는 겁니까?"

할아버지가 퉁명스럽게 대답했다.

"새나 염소들과 함께 건강하게 무럭무럭 자라도록 할 것입니다. 저 아이는 동물과 함께 살면서 늘 행복하고 평화로울 거예요. 물론, 동물들한테 나쁜 짓을 배우는 일도 없을 테고요."

"저 아이는 동물이 아니지 않습니까! 염소나 새들한테 특별한 것을 배울 수는 없잖아요. 아저씨, 여름 동안 충분히 생각해 보시고 올 겨울에는 반드시 학교에 보내 주십시오."

할아버지가 분명한 목소리로 대답했다.

"그렇게는 못 하겠습니다."

"아저씨는 설마 글자 한 자 읽지 못하는 손녀를 원하지는 않겠지요?"

할아버지는 잔뜩 못마땅한 표정을 지으며 대꾸했다.

"저런 꼬마를 날마다 그 먼 학교까지 보내란 말입니까? 세찬 바람과 눈보라에 시달리게 하면서요? 전 싫습니다."

그 말에 목사님이 환하게 웃으면서 말했다.

"그러니까 마을로 내려와 살면 되지 않습니까? 그러면 그런 걱정은 할 필요도 없고요."

그러나 할아버지는 세차게 고개를 저었다.

"싫습니다. 새삼스레 마을에 내려가서 살 생각은 전혀 없어요. 마을 사람들은 저를 업신여기고, 저 역시 마을 사람들을 그다지 좋게 생각하지 않으니까요."

"아저씨, 올겨울에는 마을로 내려오셔서 다시 우리와 함께 사세요. 우리는 지금까지 좋은 이웃으로 지냈잖아요. 꼭 산 아래로 내려오셔서 하느님과 사람들과 화해하고 같이 사시겠다고 약속해 주세요!"

목사님은 말하면서 할아버지의 손을 잡았으나, 할아버지는 조금도 흔들림 없이 단호하게 대답했다.

"목사님이 걱정하시는 것을 잘 알지만 저는 아이를 학교에 보내지 않을 것이며, 우리는 절대로 산에서 내려가지도 않을 겁니다."

"하느님께서 보호하여 주시기를 기도합니다."

목사님은 작별 인사를 하고 슬픈 얼굴로 오두막 문을 나와 산을 내려갔다.

하이디가 쪼르르 달려와 할아버지 손을 잡으며 말했다.

"우리 지금 페터네 할머니한테 가요!"

"오늘은 안 된다."

할아버지는 불편한 얼굴로 짧게 대꾸하고는 하루 종일 단 한 마디도 하지 않았다.

다음 날, 하이디는 줄곧 '오늘은 할아버지께서 페터네 할머니한테 보내 줄까?' 하고 기대했지만 할아버지는 오전 내내 말씀이 없었다.

점심 먹은 그릇을 채 치우기도 전에 또 다른 손님이 할아버지의 오두막집을 찾아왔다.

이번에는 데테 이모였다. 깃털 장식이 달린 멋진 모자와 오두막 바닥을 다 쓸고 다닐 만큼 긴 드레스를 입고 있었다. 할아버지는 그런 데테 이모의 모습을 훑어보았을 뿐 아무 말도 하지 않았다. 이모는 하이디를 보자, 호들갑을 떨며 반가운 체를 했다.

"하이디, 몰라보게 튼튼해졌구나. 어디 보자. 키도 많이 컸는걸. 할아버지 오두막에서 잘 지내고 있었구나."

그러고는 고개를 까딱 숙여 할아버지에게 인사를 했다.

호들갑을 떨던 데테 이모가 찾아온 이유를 말했다. 하이디를 프랑크푸르트로 데려가겠다는 것이었다.

"그동안 저는 하이디를 데려갈 생각만 했어요. 아저씨께는 아이가 너무나 거추장스럽다는 것을 잘 아니까요. 그렇지만 그때는 아저씨 말고는 달리 아이를 맡길 곳이 없었어요. 저는 지금까지 하이디를 어디다 맡길까 고민했어요. 그런데 뜻밖에 행운이 찾아왔어요. 제가 일하고 있는 집의 친척 중에 큰 부자가 있어요. 아마 그 사람은 프랑크푸르트에서 가장 좋은 집에 살 거예요. 그 집에 몸이 약한 외동딸이 있는데, 하루 종일 집에만 있으면서 공부도 가정 교사를 두고 혼자 배운대요. 그러니 몹시 심심해서 같이 지내며 놀아 줄 친구가 필요하다네요. 그 집 살림을 도맡아 꾸려 가는 부인 말이, 요새 흔히 볼 수 있는 아이 말고 때묻지 않고 순수하며 개성이 있는 아이였으면 좋겠다고 했어요. 제가 우리 하이디의 성격에 대해 자세히 설명했더니 당장 좋다고 승낙을 하더군요. 그곳으로 보내면 하이디에게 큰 행운이 찾아올지도 몰라요. 친딸과 똑같이 대해 주겠대요. 공부도 할 수 있고, 더 많은 것을 얻을 수도 있을 거예요."

그때까지 한마디도 하지 않던 할아버지가 데테 이모의 말을 끊었다.

"아직 할 말이 또 있나?"

데테는 고개를 번쩍 쳐들고 큰 목소리로 대꾸했다.

"흥, 아저씨는 정말 아무것도 모르는군요. 마을 사람들이라면 이런 소식을 듣고 당장 하느님께 감사할 거예요."

할아버지는 아주 짧고 냉랭하게 말했다.

"그럼 그 사람들한테나 가서 네 이야기를 늘어놓으렴."

"저 아이도 이제 일곱 살인데 할 줄 아는 게 없고, 아는 것도 없잖아요. 더구나 학교에도, 교회에도 보내지 않으시고요. 저 아이는 하나밖에 없는 제 언니의 딸이에요. 저는 저 아이의 장래에 책임이 있다고요. 저 아래 되르플리 마을 사람들도 모두 다 제 편이고, 마을 사람들 모두 고원 아저씨가 너무한다고 생각한답니다. 이 문제로 법정에 가실 생각이 아니면 잘 생각해 보세요."

할아버지는 몹시 화가 나서 큰 소리로 말했다.

"아이를 데리고 가서 망치든 말든 네 마음대로 해 봐! 그리고 다시는 아이를 데리고 내 앞에 얼씬도 하지 마! 너처럼 깃털 모자나 쓰고 돼먹지 않은 소리나 입에 담는 인간은 다시 보고 싶지 않다!"

할아버지는 문을 박차고 나가 버렸다. 하이디는 새까만 눈동자로 데테 이모를 곱지 않게 흘겨보았다.

"이모가 할아버지를 화나게 했어."

"화는 금방 풀리실 거야. 자, 어서 가자. 네 옷 어디 있니?"

"싫어! 난 안 가!"

데테는 버럭 화를 내며 소리를 질렀다.

"뭐라고? 그래도 얼른 가야 해. 정 마음에 들지 않으면 다시 돌아와도 좋아."

데테는 절대 가지 않겠다는 하이디의 옷 보따리를 겨드랑이에 끼고 하이디 손을 억지로 잡아끌면서 산을 내려갔다.

페터가 자기네 오두막에서 올라오고 있었다. 페터는 자기 쪽으로 내려오는 두 사람을 보고 놀라서 멈칫 멈춰 섰다.

"너, 어디 가?"

"이모랑 같이 프랑크푸르트에 얼른 가야 해. 페터, 갔다가 금방 돌아올 거야."

하이디는 데테 이모한테 꽉 잡힌 손을 빼내려고 용을 쓰며 말했다.

"이모, 페터네 할머니한테 갔다가 갈래. 할머니가 날 기다리신단 말이야."

데테는 하이디의 손을 더욱 꽉 잡으며 말했다.

"안 돼! 말도 안 되는 소리. 우리는 벌써 많이 늦었어. 네가 다시 돌아오면 그때 할머니를 찾아뵈렴. 자, 어서 가자!"

깜짝 놀란 페터는 데테의 손에 끌려가는 하이디를 보면서 오두막으로 뛰어 들어가 소리쳤다.

"할머니! 할머니! 큰일 났어요. 하이디 이모라는 여자가 하이디를 데려가요."

할머니는 좀 전에 데테가 고원 아저씨 오두막으로 올라가는 것을 보았다는 말을 딸한테 들어 알고 있었다. 할머니는 마음이 급해 부들부들 떨리는 손으로 창문을 열고 애원하듯 소리쳤다.

"데테, 데테, 아이를 돌려보내! 우리에게서 하이디를 뺏어 가지 마, 제발!"

데테는 하이디의 손을 더욱 꽉 잡고 발걸음을 재촉했다.

"집에 오고 싶으면 언제든지 당장 올 수 있어. 집에 올 때 할머니께 멋진 선물을 가져와서 할머니를 기쁘게 해 드릴 수도 있다고."

할머니 선물을 가지고 올 수 있다는 말에 하이디는 고집을 부리지 않고 얌전히 걷기 시작했다.

데테가 하이디를 잡아끌 듯이 발걸음을 재촉하는 모습을 본 마을 사람들은 '아이를 다시 데려가는 거야?' 하고 한마디씩 물어보았다. 하지만 데테는 대꾸도 하지 않고 마을을 곧장 지나쳐 버렸다.

하이디가 떠난 후 할아버지는 더욱더 말이 없어지고, 마을 사람들을 만나려 하지 않았다. 마을 사람들은 하이디가 무서운 할아버지의 손아귀에서 벗어나려고 도망친 것이라 믿게 되었다.

페터네 눈먼 할머니는 다시 한숨으로 하루를 보냈다.

"아이고, 하이디가 가 버리고 나니 좋은 일도 기쁜 일도 하나도 없네! 내 죽기 전에 아이 목소리를 한 번만이라도 다시 들어 보았으면……."

프랑크푸르트의 커다란 집

　프랑크푸르트는 알프스 산속의 생활과는 닮은 게 하나도 없는 곳이었다. 제제만 씨네 집도 마찬가지였다. 그 집은 대저택이라 불러도 손색이 없을 만큼 크고 훌륭했다. 그 집에는 혼자서는 일어설 수도, 걸어 다닐 수도 없는 어린 딸 클라라와 딸을 위해서라면 어떤 어려운 일이라도 마다하지 않는 자상한 아버지 제제만 씨가 살고 있었다. 그리고 모든 일에 격식을 따지고 항상 거만을 떨면서 이 집의 살림을 도맡아 총감독하는 집사 로텐마이어 부인과 친절하고 솜씨 좋은 요리사 세바스찬, 가정부 지네테, 마부 요한이 있었다.

　어머니는 일찍 돌아가시고 아버지는 사업 때문에 자주 집을 비웠기 때문에 클라라는 늘 외로웠다.

하이디가 프랑크푸르트에 도착한 날도 제제만 씨는 여행 중이어서 집에 없었다. 그래서 로텐마이어 부인이 하이디와 데테 이모를 맞이했다.

"아이가 너무 작은데, 몇 살이죠?"

"할아버지가 그러시는데, 난 일곱 살이래요."

하이디가 얼른 대답했다.

"클라라 아가씨의 공부 친구로는 너무 어리군요."

"나이는 어리지만 아주 영리하고 명랑해서 좋은 놀이 친구가 될 겁니다."

데테 이모가 얼른 말했다.

"글은 읽을 줄 아니?"

"아뇨."

"뭐야? 글도 못 읽는다고?"

"그거야 뭐, 곧 배우면 되니까……."

데테 이모는 우물쭈물하더니 하이디를 남겨 놓고 쏜살같이 돌아가 버렸다.

"아휴, 이 일을 어쩐다지?"

로텐마이어 부인은 한숨을 쉬며 도움을 청하듯, 클라라를 쳐

다보았다.

그동안 아무 말이 없던 클라라가 하이디를 불렀다.

"난 클라라야. 너는 하이디라고?"

하이디는 생긋 웃는 클라라의 얼굴을 보자 마음이 놓였다.

"프랑크푸르트에 온 기분이 어떠니?"

"난 여기 오면, 페터네 할머니께 드릴 흰 빵을 살 수 있다고 해서 왔어. 빵을 사게 되면 곧 돌아갈 거야."

"어머, 너 벌써 마음이 변한 거니?"

클라라의 눈이 휘둥그레졌다.

"넌, 나하고 같이 살려고 여기 온 거야. 하이디, 그러지 말고 나랑 같이 살자, 응? 나하고 같이 공부도 하고. 지금까지는 수업 시간이 매우 지루해서 박사님께서도 가끔 책을 얼굴에 바짝 갖다 대신단다. 책 뒤에서 하품을 하시는 거야. 네가 글을 전혀 못 읽으니까 이제부터는 재미있을 거야. 네가 글을 배우는 동안 난 듣기만 하면 되니까."

클라라의 애원에 마음이 약해진 하이디는 어쩔 수 없다는 듯 말했다.

"그럼, 부드러운 흰 빵 살 돈도 벌어야 하니까 조금만 있어 줄게."

로텐마이어 부인이 하이디에게 이 집에서 알아야 하고 지켜야 할 행동 규칙에 대해 한참 동안 이야기했다. 아주 길고 복잡한 이야기를 계속 듣고 있으려니 하이디는 눈이 저절로 스르르 감겼다. 새벽 다섯 시에 일어나 길고 힘든 여행을 한 하이디는 피곤에 지쳐 의자 등받이에 기댄 채 그만 잠이 들어 버렸다.

로텐마이어 부인이 지네테와 세바스찬을 불러 하이디를 잠자리로 데려가도록 하면서 화가 난 목소리로 소리를 질렀다.

"저렇게 엉뚱한 아이는 처음 본다니까!"

이튿날 아침, 잠에서 깨어난 하이디는 깜짝 놀랐다. 눈처럼 하얀 침대에서 잤기 때문이었다. 그러다가 문득 자신이 프랑크푸르트에 와 있다는 것을 깨달았다.

침대에서 펄쩍 뛰어내려 이쪽저쪽 창문으로 가 보았다. 창턱이 너무 높기도 했지만, 열리지도 않았다. 까치발을 하고 내다본 창밖은 하이디가 보고 싶은 풍경은 없고 온통 건물의 벽과 창문들뿐이었다. 하이디는 새장에 갇힌 새처럼 겁이 났다.

그때 방문 두드리는 소리가 나더니 지네테가 고개를 쏙 들이밀고 퉁명한 말투로 짧게 말했다.

"아침 식사가 준비됐어요."

하이디는 그 말이 무슨 뜻인지 몰라 방에 그대로 있었는데,
로텐마이어 부인의 화가 난 소리에 '아침 식사가 준비됐어요.'
의 말뜻을 알아차렸다.

　하이디는 모든 것이 낯설고 힘들었다.

'아, 알름 산이 보고 싶어. 할아버지도 보고 싶고. 여기서도 밖으로 나가면 산도, 꽃도, 전나무도 볼 수 있을 거야.'

하이디는 무작정 거리로 달려 나갔다. 그러나 아무리 달려도 알프스는 보이지 않고, 집과 낯선 사람들뿐이었다.

"알프스 알름 산을 볼 수 있는 곳을 아세요?"

사람들은 고개를 저으며 가 버렸다.

그러다가 담벼락에 기대어 서 있는 한 소년을 만났다. 그 소년은 어깨에 낡은 아코디언을 메고 있었다.

"어디로 가면 알프스 산을 볼 수 있니?"

"높은 탑 위에 올라가 보렴."

"그곳까지 날 데려다 줄래?"

"돈을 준다면."

"얼만데?"

"20페니히."

"지금은 돈이 없어. 나중에 줄게."

"좋아."

하이디는 탑까지 갔다 오는 데 40페니히를 주기로 하고, 소년을 앞세워 탑으로 갔다.

하이디가 문에 달린 벨을 누르자 종지기 할아버지가 나왔다.

"탑 위에 올라가서 먼 산을 보고 싶어서 그러는데요, 올라가게 해 주세요."

할아버지는 마지못해 문을 열어 주며 말했다.

"높으니까 조심해서 올라가거라."

하이디는 좋아서 얼른 탑 위로 올라가 보았다. 그러나 아무리 눈을 씻고 봐도 눈 덮인 골짜기와 꽃밭은 보이지 않았다.

실망한 하이디는 힘없이 계단을 터덜터덜 내려왔다. 바로 그때 어디선가 고양이 울음소리가 들려왔다. 얼른 돌아보니 귀여운 새끼 고양이들이 종지기 할아버지의 방 앞, 바구니에서 장난을 치며 놀고 있었다.

하이디는 귀여운 고양이를 데리고 가면 클라라가 얼마나 좋아할까 하는 생각에 할아버지에게 공손하게 부탁했다.

"할아버지, 고양이가 무척 귀엽네요. 두 마리만 얻어 갈 수 있을까요?"

종지기 할아버지는 껄껄 웃었다.

"그러렴. 고양이를 좋아하나 보구나. 그렇다면 나머지도 집으로 보내 주마."

하이디는 신이 나서, 고양이를 안고 집으로 돌아왔다. 소년도 뒤를 따라왔다.

"잠깐 기다려. 돈을 가지고 올게."

하이디는 클라라를 찾으러 식당으로 갔다. 그런데 그곳에는 로텐마이어 부인이 무서운 얼굴로 하이디를 기다리고 있었다. 클라라도 말없이 하이디를 바라보기만 했다.

"저, 돈 좀 주세요."

"뭐, 돈을 달라고? 네가 지금 제정신이니?"

로텐마이어 부인이 하이디를 노려보며 고함을 쳤다. 고함 소리에 놀란 하이디가 자리에서 일어서려는데, 고양이들이 주머니에서 빠져나와 로텐마이어 부인에게 달려들었다.

"악, 고양이! 세바스찬, 얼른 이것들을 치워!"

로텐마이어 부인은 서재로 도망쳐 버렸다. 그 모습이 너무 우스워 클라라는 기분이 풀렸다. 클라라가 고양이를 키우고 싶다고 하자, 세바스찬이 로텐마이어 부인의 눈에 띄지 않는 곳에 고양이들의 잠자리와 지낼 곳을 마련해 주었다..

고양이 사건 이후로 로텐마이어 부인은 말썽만 피우는 하이디를 몹시 싫어하게 되었다. 그래서 하이디가 어서 산으로 가 버렸으면 하고 바랐다.

그러나 하이디가 온 뒤로 즐거운 나날을 보내게 된 클라라는 계속 하이디를 붙잡아 두고 싶었다. 하이디가 벌이는 일마다 재미가 있는 데다가 서로 마음도 잘 맞았기 때문이었다.

그렇지만 하이디는 할아버지가 계신 알름 산으로 돌아가고 싶어 병이 날 지경이었다. 클라라는 이런 하이디를 달래느라 애를 먹었다.

"하이디, 이제 곧 아빠가 오실 거야. 그때까지만 기다려 줘. 그러면 산에 계신 할머니께 드릴 흰 빵을 많이 줄게."

그러면 하이디는 기분이 풀려 '조금만 더 참아야지.' 하고 생각하곤 했다.

그러던 어느 날, 하이디는 그동안 조금씩 모아 두었던 빵을 부랴부랴 싸 들고, 아무도 몰래 계단을 내려갔다.

'돌아가고 싶으면 언제든지 갈 수 있다고 데테 이모가 말했어. 난 산으로 돌아갈 테야.'

하이디가 막 문을 나서려고 할 때, 마침 아침 산책에서 돌아오던 로텐마이어 부인과 딱 마주치고 말았다.

"말도 없이 또 어딜 가려는 거냐? 오늘도 거지처럼 거리를 쏘다닐 생각은 아니겠지?"

"거리를 쏘다니고 싶어서 그러는 게 아니에요. 난 지금 우리 집으로 돌아가는 중이에요."

하이디는 겁먹지 않고 당당하게 쏘아붙였다.

"아니, 뭐? 이렇게 모두 친절하게 대해 주는데도 집으로 돌아가고 싶어?"

로텐마이어 부인은 혀를 끌끌 차면서 세바스찬을 불렀다.

"하이디를 방으로 데려다 주세요. 아니, 그런데 그건 뭐냐?"

로텐마이어 부인은 하이디가 들고 있는 짐 보따리를 낚아채며 물었다. 그 바람에 빵이 바닥에 몽땅 쏟아져 버렸다.

"세상에! 오래돼서 곰팡이가 핀 빵이네. 세바스찬, 빨리 내다 버리세요."

"그 빵을 버리면 안 돼요. 페터네 할머니께 갖다 드릴 빵이란 말이에요."

하이디는 너무나 슬퍼서 엉엉 소리 내어 울고 말았다.

저녁 시간이 되자 하이디는 울어서 퉁퉁 부은 눈으로 식당에 내려왔다.

세바스찬한테 빵 이야기를 들은 클라라는 하이디를 위로하며 말했다.

"산으로 돌아갈 때, 새로 구운 맛있는 흰 빵을 많이 줄게. 그럼 됐지? 자, 그만 울어."

"내가 모아 둔 빵만큼 줄 거야?"

하이디는 눈에 눈물을 글썽이며 몇 번이고 다짐을 받았다.

"그럼, 그것보다 더 많이 주고말고."

클라라는 다정하게 하이디를 달래 주었다.

며칠 후 클라라의 아버지 제제만 씨가 여행에서 돌아왔다.

"와, 아빠다!"

제제만 씨는 마차에서 내리자마자 곧장 클라라의 방으로 달려갔다.

"네가 바로 스위스 아이로구나."

제제만 씨에게는 클라라가 몹시 소중한 딸이었기 때문에, 자연히 하이디에게도 관심이 갔다. 클라라와 사이좋게 지내는 것을 보고 제제만 씨는 하이디가 마음에 들었다.

저녁 식사가 끝날 무렵, 로텐마이어 부인이 와서 하이디 이야기를 꺼냈다.

"사장님, 클라라에게는 얌전하고 행실이 바른 친구가 도움이 될 거라고 생각해 왔습니다. 그런데 하이디란 아이는 너무 엉뚱합니다. 이상한 동물을 집으로 잔뜩 끌어들이지를 않나, 꼭 제정신이 아닌 아이 같습니다."

제제만 씨는 깜짝 놀랐다. 사랑하는 딸의 놀이 친구가 제정신이 아닌 것 같다니……! 그래서 잠시 망설이다가 클라라의 방으로 갔다.

"클라라, 아버지가 묻는 말에 바른대로 대답해야 한다. 로텐마이어 부인의 말로는 하이디가 정신이 좀 이상한 것 같다는구나."

"그건 로텐마이어 부인의 억지예요. 하이디가 우리 집에 온 뒤로는 매일매일 신 나고 즐거워요."

클라라는 그간의 모든 사건을 처음부터 끝까지 설명했다. 이야기를 다 들은 제제만 씨가 큰 소리로 웃었다.

"다행이구나. 그건 그렇고, 이젠 그만 하이디를 산으로 돌려보내야 되지 않겠니? 그 아이가 귀찮지 않아?"

"그건 안 돼요. 아버지, 하이디를 돌려보내지 않겠다고 약속해 주세요, 네?"

"그렇게 하이디가 좋아? 네가 좋다면 됐다."

클라라는 아버지가 집에 없는 동안에 일어났던 재미있는 일들을 낱낱이 이야기했다. 그러고는 하이디가 명랑하고 착해서 자기가 배울 점이 참 많다고 칭찬했다.

제제만 씨가 로텐마이어 부인에게 단호하게 말했다.

"하이디를 클라라의 놀이 친구로 계속 집에 두기로 했어요. 내가 보기에 그 아이는 지극히 정상인 것 같아요. 무엇보다 클라라가 그 아이와 함께 있는 것을 무척 좋아하는군요."

로텐마이어 부인만이 하이디를 제멋대로에, 아는 것도 없다며 못마땅하게 생각했다. 하이디도 로텐마이어 부인이 무서웠고, 친해지지 않았다. 그럴수록 알프스 알름 산에 계신 할아버지가 많이 보고 싶었다.

클라라네 할머니

제제만 씨는 집에 온 지 2주일 만에 다시 파리로 떠나게 되
었다. 여행을 떠나기 전에 제제만 씨는 로텐마이어 부인을 불
러 일렀다.

"하이디를 너무 야단치지 말아요. 곧 어머님이 오실 테니,
어머니께 하이디를 돌봐 달라고 해요."

클라라는 할머니가 오신다는 말에 너무나 기뻐서 어쩔 줄 몰
라 했다.

그동안 클라라로부터 할머니에 대한 이야기를 많이 들어 온
하이디도 친할머니를 만나게 된 것처럼 마음이 들떴다.

로텐마이어 부인은 그런 하이디를 보고는 꾸짖었다.

"하이디, 클라라의 할머니가 오시면 꼭 '존경하는 마나님'이라고 해야 한다. '할머니'라고 부르면 절대 안 돼, 알았지?"

하이디는 그렇게 하겠다고 약속했다. 그렇지만 할머니를 왜 '존경하는 마나님'이라고 불러야 하는지 이해를 못 했다.

드디어 클라라의 할머니가 도착했다. 하이디는 제 방 구석에 앉아 마나님이라고 부르는 연습을 했다.

할머니는 손녀가 가장 보고 싶어 클라라의 방부터 먼저 가 보았다. 그러고 나서 사랑하는 손녀의 새로운 친구가 어떤 아이인지 궁금해서 하이디를 불렀다.

하이디는 로텐마이어 부인이 말한 대로 공손하게 인사를 드렸다.

"안녕하세요, 마나님?"

"마나님이라고? 네가 살던 알프스 산에선 그렇게 부르니?"

할머니는 하이디의 손을 꼬옥 쥐면서 다정스럽게 물었다.

"아니에요, 산에서는 페터네 할머니도 그냥 할머니라고 부르는걸요."

하이디는 그렇게 말해 놓고, 로텐마이어 부인의 무서운 얼굴이 떠올라 걱정이 되었다.

"그래, 여기서도 그렇게 하지 않는단다. 아이들과 함께 있으면 할머니지. 그러니 너도 그냥 할머니라 부르렴."

클라라네 할머니는 정답게 웃으면서 하이디의 뺨을 톡톡 건드렸다.

"네, 저도 그렇게 부르고 싶어요, 할머니."

하이디가 방긋 웃으며 총명하게 대답했다.

"그래, 훨씬 좋구나."

할머니는 하이디가 아주 사랑스럽게 느껴졌다.

"네 이름이 뭐지?"

"하이디예요, 할머니."

할머니는 하이디가 학교에 다니지 않아서 글을 읽지 못한다는 말을 듣고는, 글자를 가르쳐야겠다고 마음먹었다. 로텐마이어 부인 말로는 하이디가 글을 배우려 하지 않는다고 했다.

"너는 글을 배우기 싫으냐?"

할머니가 부드러운 목소리로 물었다.

"네, 페터가 그러는데요, 글은 배우기 어렵대요."

"그건 페터가 틀렸는걸. 이걸 보렴."

할머니는 예쁜 그림책을 하이디 앞에 펼쳐 놓았다.

"아이, 예뻐라!"

하이디는 화려하게 색칠이 된 그림책을 보고 환호성을 올렸

지만, 금세 얼굴이 슬퍼지며 갑자기 울음을 터트렸다. 하이디
눈에서 구슬 같은 눈물이 뚝뚝 떨어졌다.

　할머니는 하이디가 보고 있던 책장을 보았다.
아름다운 초록 풀밭에 온갖 동물들이 여기저기
흩어져 풀을 뜯고 있는 그림이었다. 목동이
기다란 지팡이를 짚고 서서 즐거워하고,

해가 뉘엿뉘엿 져 풀밭이 황금색 노을로 물들고 있었다.

"자, 아가, 이리 온. 울지 마라! 그림을 보고 무엇이 생각났구나. 글자를 배우면 여기 있는 이야기도 다 읽을 수 있고, 자기가 읽은 것을 다른 사람에게 이야기해 줄 수도 있단다."

하이디는 한참 뒤에야 울음을 멈추었다. 할머니는 하이디의 마음이 가라앉을 때까지 등을 토닥여 주며 기다렸다.

"자, 이제 기분이 괜찮아졌니?"

"네, 저도 글자를 읽을 수 있다면 얼마나 좋을까요!"

그때부터 하이디는 그림책에 빠져 살았다. 그렇게 해서 하이디는 마침내 글자를 모두 익히게 되었다.

때때로 하이디는 공부하는 중에 보고 싶은 사람들이 살고 있는 산속이 그리웠다. 그림책에 아름다운 산골 경치가 나올 때는 더욱 그랬다.

하이디는 하루하루가 다르게 얼굴빛이 어두워졌다. 할머니는 점점 야위어 가는 하이디를 보자 걱정이 되어 물었다.

"하이디야, 기운이 없어 보이는구나. 무슨 걱정거리라도 있니? 이 할머니한테 말해 보렴, 무슨 걱정인지."

그렇지만 하이디는 알프스 집에 가고 싶다고 하면 은혜를 모르는 아이라고 생각하여 할머니가 자기를 더는 따뜻하게 대해 주지 않을까 봐 걱정이 되었다.

"네, 하지만 아무에게도 말할 수 없어요."

하이디는 슬픈 목소리로 대답했다.

"저런, 가엾어라. 누구에게도 말할 수 없을 때는 하느님께
기도를 드려 보렴. 하느님께서 기도를 들으시면 반드시 그 괴
로움에서 구해 주실 테니까."

"하느님에게는 무슨 얘기든 해도 되는 거예요?"

"그렇단다. 하느님은 누구의 말이든지, 또 어떤 얘기든지 다
듣고 도와주신단다. 하느님은 우리의 마음을 기쁘게 만드실
수 있거든."

하이디는 날마다 잠들기 전에, 하루빨리 알름 산으로 돌아갈
수 있게 도와 달라고 기도를 드렸다.

그리고 일주일 뒤, 할머니는 박사님으로부터 하이디가 글을
모두 깨쳤다는 이야기를 들었다. 할머니는 하이디가 대견하여
흐뭇한 미소를 지었다.

"하이디야, 책이 마음에 드니? 글을 빨리 깨친 기념으로 할
머니가 너에게 주는 선물이란다."

"이 책, 영원히 제 것이에요? 집에 갈 때 가져가도 돼요?"

"아무렴, 그렇게 해도 된단다, 아가야."

하이디는 뛸 듯이 기뻤다. 그날부터 하이디는 아름다운 그림 책을 읽는 일에 푹 빠졌다. 밤이 되면 하이디는 클라라와 할머니 앞에서 그림책을 읽곤 했다. 그렇게 책을 읽고 그림을 보다 보면 하루가 눈 깜짝할 사이에 지나갔다.

이러는 사이에 할머니가 떠나야 하는 날이 점점 가까워지고 있었다.

겨우 마음의 안정을 찾았던 하이디는 다시 흔들리기 시작했 다. 할머니는 하이디의 얼굴에서 다시 생기가 사라진 것을 알 아챘다.

"아가, 무척 슬퍼 보이는구나. 지난번에 이야기한 것과 같은 걱정거리가 아직도 마음에 있니?"

하이디는 아무 말 없이 고개를 끄덕였다.

"그 슬픈 일을 하느님에게 이야기해 봤니?"

"네……."

"모든 일이 잘 되게 해 달라고 하느님께 매일 기도는 하고 있니?"

"네, 그런데 이제 기도는 그만둘래요."

"하이디, 왜 기도를 그만두겠다는 거니?"

"기도를 해 봤자 소용이 없으니까요. 하느님은 제 소원을 들어주지 않았어요. 하지만 하느님도 어쩔 수 없을 거예요. 프랑크푸르트에는 사람들이 너무 많이 사니까요. 아무리 하느님이라도 그 많은 사람들이 매일 드리는 기도를 어떻게 전부 다 들으실 수 있겠어요. 틀림없이 제 기도는 못 들으셨을 거예요."

"그건 네가 잘못 생각한 거야. 하느님은 어떤 것이 우리에게 더 좋은 일인지 알고 계신단다. 그래서 우리에게 좋지 않은 일은, 아무리 기도를 드려도 들어주실 리가 없어. 그러니까 하느님을 의심하지 말고 계속 기도를 해 봐, 알겠지?"

하이디는 할머니를 믿고 있었기 때문에 그 말을 듣자 힘이 났다. 하이디는 진심으로 뉘우치며 말했다.

"알았어요, 할머니. 이제부터는 절대로 하느님을 잊지 않겠어요."

"그래, 그래야지. 아가, 하느님께서 때가 되면 너를 도와주실 거야. 그러니 안심하고 믿으렴."

다음 날 클라라의 할머니는 떠났다. 클라라와 하이디는 몹시 슬퍼서 아무것도 하지 않고 그저 멍하니 앉아 있었다.

박사님과의 수업 시간이 끝나고, 우울하던 하이디는 책을 들고 클라라의 방으로 갔다.

"클라라, 책 읽어 줄까?"

클라라는 어린아이처럼 손뼉을 치며 좋아했다.

그런데 책을 읽어 주던 하이디가 갑자기 소리 내어 엉엉 울기 시작했다.

"나는 이제 페터네 할머니를 볼 수 없어. 흰 빵을 한 개도 갖다 드리지 못했는데!"

책 속에는 한 할머니가 병으로 죽는 이야기가 씌어 있었다. 하이디는 그 이야기를 페터네 할머니가 당하는 일로 착각하고 울어 버렸던 것이다.

"할머니가 돌아가셨어. 이제 내가 흰 빵을 가지고 가도 못 드실 거야."

"그 할머니는 이야기 속의 할머니야. 이것 봐, 페터네 할머니가 아니지?"

클라라는, 죽은 사람은 이야기 속에 나오는 할머니일 뿐이라고 설명해 주었다.

"그렇지만 내가 여기 와 있는 동안 알름 산 할아버지도, 페터네 할머니도 돌아가셨을지 모르잖아!"

하이디는 자꾸만 나쁜 생각이 들어 슬퍼졌다.

"그러면 내가 다시 산으로 돌아가도 반겨 줄 사람이 아무도 없잖아!"

그때 로텐마이어 부인이 들어와서 우는 하이디를 보고는 깜짝 놀랐다.

클라라는 하이디가 우는 까닭을 설명했다. 로텐마이어 부인은 하이디를 노려보며 버럭 소리를 질렀다.

"어서 뚝 그치지 못해! 어째서 너는 그런 바보 같은 짓만 하는 거야? 다시 한 번 책을 읽다가 지금처럼 울어 봐, 책을 모두 빼앗아 버릴 테니까."

그 순간 하이디는 깜짝 놀라 울음을 뚝 그쳤다. 하이디에게는 책이 무엇보다도 소중한 보물이었기 때문이다.

그 뒤로 하이디는 아무리 슬픈 일이 있어도 울지 않았다. 책에 아무리 슬픈 이야기가 씌어 있어도 꾹 참았다. 이따금 흘러내리는 눈물을 감추고 울음소리를 내지 않으려고 안간힘을 쓰느라 얼굴을 찡그려야 했다. 클라라는 요즘 들어 하이디가 왜 얼굴을 잔뜩 찡그리는지 궁금했다.

그러나 억지로 참는 일은 힘들었다. 하이디는 입맛을 완전히 잃어버렸다. 얼굴은 창백해지고 몸도 자꾸 야위어 갔다.

'할아버지는 무얼 하실까? 지금쯤 페터가 염소 떼를 몰고 고원의 풀밭으로 올라가겠지. 풀밭에는 황금색 미나리아재비꽃이 햇빛에 반짝이고, 저녁마다 산봉우리들이 온통 빠알간 불길에 휩싸이겠지…….'

밤이 되어 침대에 누워 눈을 감으면 오두막집이 있는 알프스의 산봉우리들이 눈앞에 떠올랐다. 하이디는 울음소리가 새어 나가지 않게 베개에 얼굴을 파묻고 오래오래 울었다.

유령 소동

　며칠 전부터 로텐마이어 부인은 거의 하루 종일 입을 다물고
있었다. 제제만 씨네 큰 저택에 흰옷을 입은 유령이 나타난다
는 말이 떠돌았기 때문이었다. 로텐마이어 부인은 손님들 방
이 있는 위층에 가거나, 지하실에 물건이라도 찾으러 갈 때면
가정부 지네테를 꼭 데리고 다녔다.

　"이상하다, 눈에는 안 보이는데 누가 2층으로 올라가는 것
같네요."

　"그래, 무슨 그림자 같은 게 움직이고 있어."

　두 여자는 서둘러 자기 방으로 되돌아갔다.

　'유령이다!'

아무도 입 밖에 내진 않았지만, 세바스찬까지도 그렇게 믿었다. 왜냐하면 며칠 동안 수상한 일이 잇따라 일어났기 때문이었다. 아침에 지네테가 대문을 열려고 나가 보면, 현관문이 열려 있는 것이었다. 도둑이 들어왔나 싶어, 온 집 안을 다 뒤져 봐도 없어진 것은 아무것도 없었다. 다음 날도, 그다음 날도 마찬가지였다.

궁리 끝에 세바스찬과 요한이 밤새도록 집을 지키기로 했다. 새벽에 두 사람이 2층을 살피고 있을 때였다. 큰 방의 문이 저절로 열렸다. 그러고는 갑자기 계단 위에 하얀 빛깔의 너풀거리는 것이 살짝 나타났다가 사라지는 것이었다. 간이 콩알만 해진 두 사람은 덜덜 떨면서 로텐마이어 부인에게 알렸다.

겁에 질린 로텐마이어 부인은 서둘러 제제만 씨에게 편지를 썼다.

존경하는 제제만 씨
두려워서 펜이 손에 잘 쥐어지지 않습니다. 집에서는 어마어마하게 끔찍한 일이 벌어지고 있습니다. 유령이 나타나는지, 매일 아침 일어나 보면 현관문이 활짝 열려 있습니다. 모든 식구들이 불안에 떨고 있습니다. 이 으스스한 일이 어떤 결과를 가져올지 모릅니다. 지금 당장 길을 떠나 집으로 돌아오시기를 바랍니다.

제제만 씨는 즉시 답장을 보냈다.

갑자기 모든 일을 내팽개쳐 두고 집으로 돌아갈 수 없는 상황입니다. 유령이 나타난다니, 저도 놀랐습니다. 그렇지만 그 소동이 무사히 해결되기를 바랄 뿐입니다. 행여 시끄러운 일이 생기면 홀슈타인에 계시는 어머니께 편지를 써서 프랑크푸르트로 오시라고 도움을 청하세요. 어머니라면 순식간에 유령을 쫓아 버리실 거예요.

로텐마이어 부인은 제제만 씨의 답장을 보고 몹시 언짢아졌다. 제제만 씨는 집에서 일어난 일을 심각하게 여기지 않는 게 분명했다. 로텐마이어 부인은 당장 제제만 노부인에게 편지를 썼지만, 노부인에게서도 만족스러운 답장을 받지는 못했다. 노부인의 답장도 제제만 씨의 편지와 비슷한 내용이었다. 심지어 아주 빈정대는 듯한 내용까지 있었다.

나는 댁이 유령을 봤다는 이유로 홀슈타인에서 프랑크푸르트까지 일부러 내려갈 생각이 없어요. 게다가 아들 집에서는 지금까지 유령이 나타난 적이 없지요. 만약 무언가 집 안을 돌아다닌다면 유령이 아니라 살아 있는 것이 분명합니다. 그러니 한번 이야기를 나누어 보시구려. 정 안 되면 야경꾼에게 도움을 청하세요.

로텐마이어 부인은 그때까지 아이들한테 유령 이야기를 하지 않았는데, 하는 수 없이 아이들이 함께 있는 방으로 달려가 유령 이야기를 했다. 클라라는 깜짝 놀라며 비명을 질렀다.

"이제부터 잠시라도 혼자 있지 않을래요. 로텐마이어, 내 방에서 같이 자요. 하이디, 너도 내 방에서 나랑 같이 자."

"나는 유령이 무섭지 않아요. 제 방에서 혼자 지내겠어요."

무서움에 매우 흥분한 클라라와 달리 하이디는 유령 이야기를 듣고도 태연했다. 하이디는 유령이 무엇인지 몰랐기 때문에 무섭지가 않았던 것이다.

로텐마이어 부인은 당장 책상으로 가서, 또다시 제제만 씨에게 편지를 썼다.

존경하는 제제만 씨

매일 밤 으스스한 일이 반복해서 벌어지고 있습니다. 이 일로 가뜩이나 약한 따님이 심한 충격을 받아 나쁜 일이라도 일어날까 두렵습니다. 병약한 따님이 계속해서 정신적으로 충격을 받는다면, 발작 증세를 보이거나 무도병에 걸릴 수도 있다고 생각합니다. 얼른 돌아오셔서 이 끔찍한 사태를 해결해 주시기 바랍니다.

이번에 쓴 편지는 효과가 있었다. 제제만 씨는 편지를 받자마자 서둘러 집으로 돌아왔다.

클라라는 아버지를 보자 환호성을 지르며 반가워했다. 제제만 씨는 걱정했던 것보다는 씩씩하고 혈색이 좋은 딸을 보고 마음이 놓였다. 제제만 씨는 곧 로텐마이어 부인을 불렀다.

"로텐마이어, 요즘도 유령이 나타나나요?"

"농담이 아니랍니다. 사실이에요."

로텐마이어 부인이 두려움에 떨며 대답했다.

제제만 씨는 세바스찬을 불러 유령 사건에 대해 물어보았다.

"사실입니다. 저도 하얀 무언가를 보고 깜짝 놀라 도망을 쳤습니다."

"내일 아침 내가 그 유령의 정체가 무엇인지 밝혀 주지. 자네 같은 건장한 젊은이가 유령 따위에 놀라 도망치다니 부끄럽지도 않은가? 그건 그렇고, 클라라의 의사 선생님한테 가서, 오늘 밤 9시에 꼭 좀 오시라고 전하게. 까닭을 묻거든 내가 오늘 파리에서 돌아왔는데, 심하게 병이 나서 밖에 나갈 수가 없어서 그런다고 전하게."

세바스찬은 제제만 씨의 말이 끝나자 서둘러 집을 나섰다.

그날 밤 정각 9시에 의사 선생님이 찾아왔다. 병이 깊다는 소식을 듣고 시간 맞춰 왔더니 제제만 씨는 멀쩡하기만 했다.

"도대체 어떻게 된 일입니까? 병이 깊어서 밤샘 간호까지 해야 한다고 들었는데요."

"글쎄 말입니다. 어쨌든 오늘 밤은 저랑 같이 새워 주셔야겠습니다."

"대체 무슨 일인데 그러십니까?"

제제만 씨는 의사 선생님에게 유령 이야기를 했다.

"원, 그런 일이 있었다고요? 그런데 유령이 나타나는 걸 어떻게 알았다고 하던가요?"

"매일 아침마다 현관문이 열려 있다는 겁니다. 누군가 장난을 하고 있는 게 틀림없으니, 누군지 잡아서 혼내 줘야겠어요. 오늘 밤에는 선생님과 제가 지키고 있다가 그 유령을 잡아 봅시다."

두 신사는 마주 앉아 이야기꽃을 피웠다. 밤 12시가 지날 때까지 아무런 일도 일어나지 않았다.

"오늘 밤은 유령이 안 올 모양이군요. 우리가 기다리는 것을 눈치챘나……?"

'땡!' 하고 1시를 알리는 종소리가 들렸다. 집 안은 쥐 죽은 듯이 조용했다. 바로 그때 현관문의 나무 빗장을 벗기고, 열쇠를 두 번 돌려 문을 여는 소리가 났다.

"나타났군요."

"쉬잇!"

두 사람은 권총과 램프를 들고 현관 쪽을 향해 살금살금 걸어갔다. 열린 현관문 틈으로 들어오는 달빛이 꽤 밝아서 문 밖에 사람 모양 같은 허연 물체가 서 있는 게 보였다.

"거기 누구냐?"

물체가 그리 크지 않다는 걸 안 의사 선생님이 큰 소리로 외쳤다. 그러자 하얀 물체가 뒤돌아서서 소리 죽여 흐느끼기 시작했다.

그것은 바로 맨발에 새하얀 잠옷을 입고 부들부들 떨고 서 있는 하이디였다.

"하이디! 대체 어떻게 된 일이냐? 뭐 하러 밖에 나와 서 있는 거냐, 응?"

하이디는 창백한 얼굴로 부들부들 떨면서 가느다란 목소리로 대답했다.

"몰라요. 저도 모르겠어요……."

그러자 의사 선생님이 재빨리 램프를 제제만 씨에게 건네주며 말했다.

"이건 제 분야에 속하는 일인 것 같아요. 제가 보살필 테니, 제제만 씨는 긴 여행에 피곤하셨을 텐데 눈 좀 붙이세요. 우선 아이를 방으로 데려가 침대에 눕혀야겠어요."

의사 선생님은 바들바들 떨고 있는 하이디의 손을 꼭
잡고 2층으로 올라갔다. 그리고 하이디를 번쩍 안아 침대에
눕히고 이불을 덮어 주고는 다정한 목소리로 물어보았다.

"겁낼 것 없다! 이제는 안심해도 된단다. 모든 것이 잘될
거야. 그런데 하이디, 이 밤에 어딜 가려고 했지?"

하이디는 머리가 하얀 할아버지가 의사 선생님이라는 것
을 알고 마음이 놓였다. 그래서 편안한 기분으로 대답했다.

"모르겠어요. 왜 현관으로 내려갔는지, 그리고 왜 마당에
서 있었는지 모르겠어요. 정신이 들어서 보니까 그곳에 서
있었어요. 저도 깜짝 놀랐어요."

"오, 그래? 그랬구나. 그런데 너 혹시 무슨 꿈을 꾸지는 않았니? 뭔가 분명히 보이기도 하고, 또 무슨 소리가 똑똑히 들리기도 하는 꿈 말이야."

"네, 전 밤마다 꿈을 꿔요. 언제나 똑같은 꿈이에요. 꿈속에서 저는 알프스에 있어요. 할아버지가 계시고, 오두막집이 보이고, 창밖에서 전나무 가지들이 바람에 흔들리는 소리가 들리고, 아름다운 별들이 예쁘게 초롱초롱 빛나는 것이 보여요. 그래서 전 달려가 오두막집 문을 열고, 하늘을 쳐다보러 가는 거예요. 그런데 아침에 눈을 떠 보면 전 여전히 프랑크푸르트에 있어요."

하이디는 터져 나오는 울음을 참으며 말했다.

"어디 아픈 데는 없니?"

"아픈 데는 없어요. 하지만 뭔가 커다란 돌덩이 같은 것이 가슴을 짓누르는 것처럼 답답하고 숨이 막혀요. 막 울고 싶기도 하고요."

"그래? 그렇다면 그때마다 실컷 울지 그러니?"

"울면 안 돼요. 울면 로텐마이어 부인에게 야단맞아요."

"그렇구나. 그래서 꾹 참고 울지 않았구나. 너는 여기에서 사는 게 좋지 않니?"

"네, 좋아요."

하이디는 들릴 듯 말 듯 작은 소리로 대답했다. 그러나 의사 선생님에게는 '아뇨, 좋지 않아요.'라는 말로 들렸다.

간신히 말을 마친 하이디의 눈에서는 눈물이 흘러내렸다. 알프스 산에서의 즐거웠던 추억과 프랑크푸르트에 와서 겪은 여러 가지 슬픈 일들 때문에, 하이디의 여린 가슴은 터질 것만 같았다. 하이디는 더 이상 참지 못하고 엉엉 소리를 내어 울기 시작했다.

"실컷 울어라. 그리고 푹 자렴. 그러고 나면 내일 아침에는 다 나을 거야."

의사 선생님은 하이디의 베개를 고쳐 주고, 이불을 잘 덮어 준 다음 아래층으로 내려갔다.

그때까지 제제만 씨는 안락의자에 앉아 의사 선생님이 내려오기를 기다리고 있었다.

"하이디는 지금 몽유병을 앓고 있습니다. 매일 밤 현관문을 열고 나가 사람들을 무서움에 떨게 한 유령은 바로 그 병 때문에 생긴 것이지요. 고향을 그리워하다 병이 걸린 것입니다. 더 잡아 두었다간 무슨 큰일이 일어날지 모릅니다. 내일 당장 저 애를 알프스 산으로 돌려보내는 것이 좋을 것 같습니다."

이 말을 들은 제제만 씨는 충격을 받아 의자에서 벌떡 일어났다.

"다 제 잘못입니다. 처음 우리 집에 왔을 때는 아주 건강한 아이였어요. 저렇게 야위고 병든 채로 고향에 돌려보낼 수는 없습니다. 어떻게든 저 애의 병을 고쳐 주십시오. 병이 나으면 산으로 돌려보내겠습니다."

"제제만 씨, 그건 잘못된 생각입니다. 하이디의 병은 약으로 고칠 수 있는 병이 아니에요. 산속의 맑은 공기를 마시면 저절로 회복될 것입니다. 만약 여기서 병을 고쳐 보겠다고 우물쭈물하면, 저 애의 병은 점점 깊어질 것입니다."

의사 선생님은 하이디의 병이 마음에서 생긴 병이라는 것을 강조했다. 제제만 씨는 의사 선생님과 밤이 깊은 줄도 모르고 오랜 시간 하이디 문제를 의논했다.

"알겠습니다. 선생님께서 그렇게 말씀하신다면 어쩔 도리가 없군요. 지금 곧 하이디를 돌려보낼 준비를 하겠습니다."

새벽이 되자 제제만 씨가 활짝 연 현관문으로 밝은 아침 햇살이 쏟아져 들어왔다.

다시 알프스 알름 산으로

이른 아침, 제제만 씨는 복도를 걸어 다니며 하인들을 부르기 위해 설치된 종이란 종은 보이는 대로 힘껏 잡아당겼다. 하인들은 놀라 침대를 박차고 일어나 허겁지겁 옷을 찾아 입었다. 하인들은 한결같이 이렇게 생각했다.

'이렇게 시끄럽게 종을 울려 대는 것을 보면 주인님이 유령한테 붙잡혀 도와 달라고 하시는 게야.'

그렇지만 제제만 씨는 기운이 넘치고, 씩씩한 발걸음으로 식당 안을 왔다 갔다 하고 있었다. 하인들이 다 모이자 제제만 씨가 명령했다.

"요한, 말과 마차를 준비해. 지네테, 아이를 깨워서 여행 떠날 준비를 도와줘. 세바스찬, 자네는 하이디의 이모를 당장 데려오게!"

하이디는 지네테가 깨우러 올라올 때까지 푹 잤다. 정말 오랜만에 맛보는 단잠이었다.

"안녕, 지네테. 기분 좋은 아침이에요. 아함, 나 조금만 더 자다 일어나면 안 될까요?"

하이디는 아직 잠에서 덜 깬, 행복한 기분에 잠겨 말했다.

그런데 지네테는 하이디의 말을 알아듣지 못한 사람처럼 잠자코 하이디에게 옷을 건네주었다.

"자, 어서 이 옷으로 갈아입어요."

"어, 나들이옷이잖아. 오늘 무슨 날이에요?"

하이디가 마지못해 침대에서 일어나며 물었다.

그때 제제만 씨가 기쁜 소식을 전하려고 2층으로 올라왔다.

"하이디야, 이제 너는 그토록 그리워하던 스위스 알름 산으로 돌아가게 될 거란다."

"알프스 산속의 우리 집으로요?"

"그래, 아침을 먹고 나서 곧 떠날 거야."

하이디는 이게 꿈이라면 오래도록 깨지 말라고 기도했다.

"마차가 준비될 때까지 클라라한테 가 있어라. 너와 헤어지는 것 때문에 매우 슬퍼하고 있단다."

제제만 씨는 클라라에게 지난밤에 일어났던 일을 하나도 빠짐없이 이야기해 주었다. 클라라는 잠이 싹 달아날 정도로 놀랐다.

"하이디가 병에 걸렸다고요? 그래서 자면서 돌아다니는 거라고요? 스위스로 도로 돌려보낸다고요? 그렇지만 난 하이디 없이 지낼 수 없어요!"

"클라라, 조금만 참고 지내 보자. 그리고 아빠랑 내년 여름에 하이디가 있는 스위스로 여행을 가자꾸나."

클라라는 깜짝 놀랐을 뿐만 아니라 하이디가 가엾어서 마음이 아팠다. 놀란 가슴을 진정시키며, 몽유병에 걸린 하이디가 어서 낫기를 기도했다.

하이디도 클라라가 어떻게 하고 있는지 궁금했기 때문에 서둘러 클라라의 방으로 갔다. 하이디를 맞은 클라라가 미소를 띠며 말했다.

"어서 와, 하이디. 내가 네 가방에 넣은 걸 봐. 어때, 마음에 드니?"

"이거, 내 가방이야?"

가방 속에는 옷 외에도 하이디에게 꼭 필요한 여러 가지가

가득 들어 있었다. 그리고 그 옆에 있는 바구니 속에는 부드러
운 흰 빵이 열두 개도 넘게 들어 있었다.

하이디는 너무 기뻐서 소리를 지를 뻔했다.

"페터네 할머니께 드리면 굉장히 좋아하실 거야. 고마워, 클
라라."

"그래, 하이디. 앞으로 네가 정말 많이 보고 싶을 거야. 우리
할머니도 네가 스위스로 돌아간 걸 아시면, 분명히 섭섭해하
실 거야."

하이디는 갑자기 생각난 듯 얼른 자기 방으로 가서 베개 밑
에 감추어 두었던 그림책을 꺼내 왔다. 클라라 할머니한테 받
은 예쁜 그림책이었다.

데테는 제제만 씨의 부름에 달려왔지만, 하이디를 데려다 주
라는 말에 알름 산 고원 아저씨의 화난 모습이 생각났다. 그래
서 자기는 바빠서 못 가겠다고 둘러대었다. 제제만 씨는 데테
의 속마음을 눈치채고 군말 없이 데테를 돌려보낸 후, 세바스
찬을 불러 떠날 채비를 하라 일렀다.

그때 마차가 도착했다는 연락이 왔다.

제제만 씨는 마차 앞까지 하이디를 데려다 주고 작은 손을
꼭 잡으며 따뜻한 목소리로 말했다.

"나도, 클라라도 네 생각을 많이 할 것 같구나. 조심해서 잘 가거라."

"네, 그동안 보살펴 주시고 잘해 주셔서 감사합니다. 아, 그리고 의사 선생님께도 하늘만큼 고맙다고 전해 주세요!"

지난밤에 울고 있는 하이디에게 '내일이면 모든 것이 다 좋아질 게다.'라고 한 말을 잊지 않고 있었다. 하이디는 의사 선생님 덕분에 집에 가게 되었다고 생각했다.

마차가 천천히 움직이기 시작했다.

"잘 가, 하이디."

클라라가 큰 소리로 작별 인사를 했다.

하이디는 기차를 타고서야 집으로 간다는 사실이 겨우 믿어졌다. 바구니를 무릎 위에 올려놓고 잠시도 손을 떼지 않았다. 기차를 타고 가는 몇 시간 내내 한마디도 하지 않았다. 생각지도 않게 집에 가고 있으니 여러 가지 생각이 떠올랐다.

'지금쯤 할아버지는 무얼 하고 계실까? 염소들도 잘 있겠지? 벌써 나를 잊어버린 것은 아닐까? 페터는 잘 있을까? 페터네 할머니는 살아 계실까?'

이런저런 생각에 피곤해진 하이디는 그만 잠이 들었다. 간밤에 한바탕 소동을 겪은 데다가 오늘 아침 일찍 길을 떠났으니,

잠이 쏟아지는 것이 당연했다. 세바스찬이 하이디의 팔을 사정없이 흔들며 소리칠 때까지 세상모르고 잤다.

"일어나세요, 작은 아가씨! 마이엔펠트에 도착했어요."

하이디는 세바스찬이 어깨를 흔드는 바람에 잠에서 깼다. 기차는 서서히 플랫폼으로 들어갔고, 두 사람은 마지막으로 기차에서 내렸다.

"자, 나는 여기서 돌아가야 해요."

"걱정 마세요, 저 혼자 갈 수 있어요. 여기서 되르플리 마을까지는 금방인걸요."

하이디가 씩씩하게 대답했다.

그래도 마음이 놓이지 않은 세바스찬은 되르플리 마을로 가는 마부를 찾아냈다.

"염려 마시오, 내가 데려다 줄 테니."

"그럼, 신세 좀 집시다."

헤어질 때, 세바스찬은 하이디의 손에 여러 겹으로 싼 종이 뭉치와 편지 한 통을 쥐어 주었다.

"이건 제제만 씨가 할아버지에게 보내는 것이니 꼭 전해 드려야 해요. 이걸 빵 바구니 맨 밑바닥에 잘 넣어 두세요. 잃어버리지 않도록 정신을 바짝 차려야 해요. 이걸 잃어버리면 제제만 씨께서는 불같이 화를 내시고 평생 다시는 화를 풀지 않으실 거예요. 명심하세요, 작은 아가씨.”

“절대 잃어버리지 않을게요.”

세바스찬은 빵 바구니를 들고 있는 하이디를 번쩍 안아 높다란 좌석 위에 앉혔다. 그래도 불안한 마음이 들어서 눈짓, 손짓, 발짓으로 바구니에 들어 있는 물건을 조심하라고 거듭 당부했다.

마차가 산으로 출발했다. 마차를 모는 남자는 되르플리의 물레방앗간 집 주인이었다. 마차는 산들바람이 살랑거리는 산기슭을 힘차게 달려갔다.

마차가 점점 알름 산 가까이 다가가자 하이디는 손을 흔들어 산에게 인사를 했다. 그러고는 두근거리는 가슴을 가라앉히려고 심호흡을 했다.

마을에 도착한 하이디는 마차 주인에게 꾸벅 인사를 하며 말했다.

"아저씨, 고맙습니다. 짐은 나중에 우리 할아버지가 가지러 오실 거예요. 그때까지만 맡아 주세요."

하이디는 짐 꾸러미 속에서 빵 바구니와 편지만 꺼내 들고 산을 오르기 시작했다. 짐 때문인지, 너무 오랜만이어서 그런지, 힘이 들었다. 그래서 자주 걸음을 멈추고 가쁜 숨을 몰아쉬어야만 했다. 저만치 페터네 오두막집이 보이자, 하이디는 잠시 걸음을 멈추고 호흡을 가다듬었다.

"할머니!"

하이디가 문을 열고 들어갔을 때 할머니는 기도를 하는 중이었다.

"제가 왔어요! 할머니, 하이디가 왔어요!"

할머니는 뜻밖의 목소리에 놀라 보이지 않는 눈을 자꾸 껌벅였다.

"누구라고? 하이디라고?"

할머니는 손을 더듬어 하이디의 머리를 쓰다듬었다. 할머니
의 보이지 않는 눈에서 기쁨의 눈물이 하이디의 손등으로 뚝
뚝 떨어졌다.

"그래, 이건 하이디의 머리야. 하느님께서 내 기도를 들어
주셨구나."

"할머니, 울지 마세요. 이젠 매일같이 할머니를 만날 수 있
어요. 그리고 이거요. 할머니께 드리려고 가져왔어요."

하이디는 빵 바구니에서 빵을 여러 개 꺼내 할머니 무릎에
올려놓았다.

"이건 정말 굉장한 선물이구나! 그렇지만 내게는 네가 돌아
와 준 것이 가장 기쁜 일이란다."

할머니는 하이디의 뺨을 어루만지며, 한 손으로는 눈물을 훔
쳤다. 그때 오두막 안으로 들어오던 페터의 엄마도 하이디를
보고 하도 놀라서 얼어붙은 듯 그 자리에 서 버렸다.

"틀림없어. 하이디, 네가 돌아왔구나!"

하이디는 책에서 돌아가신 할머니 이야기를 읽고, 정말 할머
니가 돌아가신 줄 알고 울음을 터뜨렸던 일이며, 로텐마이어
부인에게 야단맞은 일 등을 이야기하느라 시간 가는 줄을 몰
랐다.

"이젠 할아버지를 만나러 가야겠어요. 내일 또 올게요. 안녕히 계세요."

하이디는 바구니를 끼고 낯익은 비탈길을 뛰어 올라갔다. 저기 앞에 꿈에도 잊지 못할 오두막이 보이고, 바람에 흔들리는 전나무 가지도 보였다. 매일 밤 꿈속에서 보았던 알프스 고원의 풀밭이 온통 황금색으로 눈부시게 빛나고 있었다.

할아버지는 옛날처럼 오두막집 앞에 앉아서 파이프 담배를 피우고 있었다. 하이디는 할아버지가 오두막 쪽으로 누가 달려오고 있는지 미처 알아보지도 못할 만큼 빨리 달려가 할아버지 품에 와락 안겼다.

"할아버지! 할아버지! 할아버지!"

할아버지도 말을 잇지 못했다. 실로 오랜만에 눈에 눈물이 그렁그렁 맺혔다. 할아버지는 손으로 눈물을 훔치고 목을 감고 있던 하이디의 팔을 풀었다.

"네가 돌아왔구나, 하이디. 그런데 어떻게 소식도 없이 왔어? 쫓겨났니?"

"아니에요. 절대 그렇게 생각하시면 안 돼요. 다들 아주 좋은 사람들이에요. 할아버지, 전 집에 오고 싶어 견딜 수가 없었어요. 그렇지만 은혜를 모르는 아이라 할까 봐 아무 말도 못

했어요. 그런데 어제 아침에 제제만 씨가 저를 부르더니 집에 가도 좋다고 했어요. 참, 편지도 주셨어요. 할아버지께 꼭 드리라고 하셨어요."

하이디는 바닥에 내동댕이쳐진 바구니에서 얼른 편지와 종이 뭉치를 꺼내 할아버지께 건네주었다. 할아버지는 종이 뭉치를 벤치에 내려놓고 편지를 꺼내 읽었다. 그러고는 아무 말 없이 편지를 호주머니 속에 집어넣었다.

"하이디야, 이건 네 거다. 네 침대도 사고, 몇 년 동안 두고 두고 입을 옷도 살 수 있겠구나."

"저, 돈 필요 없어요. 침대도 벌써 있고, 옷도 클라라가 많이 주어서 필요 없어요."

"그래? 그럼 벽장 속에 잘 넣어 두어라. 언젠가 꼭 쓸 때가 올 거야."

하이디는 할아버지 뒤를 쫓아 오두막으로 깡충거리며 들어왔다. 기쁜 마음에 온 방을 이리저리 뛰어다니다 사다리를 타고 다락방으로 올라갔다. 다락방에 들어선 하이디는 한동안 꼼짝하지 않고 가만히 서 있었다.

"할아버지, 침대가 없어졌어요!"

하이디의 말에 할아버지가 다락방에 대고 소리쳤다.

"그만 내려오렴. 네가 다시 올 줄 몰랐단다. 내려와서 염소젖이나 마시려무나!"

하이디와 할아버지는 오랜만에 그 전처럼 테이블에 앉아 염소젖을 마셨다.

"할아버지, 이 세상 어디에도 우리 집 염소젖처럼 맛있는 건 없을 거예요."

그때, 문밖에서 휘파람 소리가 들려왔다. 하이디가 얼른 나가 보니 페터가 염소 떼를 몰고 오고 있었다.

페터는 하이디를 보자, 놀라서 벌린 입을 다물지 못하고 멍청하게 서 있기만 했다.

"잘 있었니, 페터!"

하이디는 소리를 지르며 염소 떼 속으로 뛰어 들어갔다. '백조'도, '작은 곰'도, '흰눈'도, '검은 방울새'도 하이디를 보자 머리를 비비며 반갑다는 듯이 '매애! 매애!' 울어 댔다. 옛 친구들을 다시 만난 하이디는 기뻐서 어쩔 줄 몰랐다.

"하이디, 다시 온 거야?"

"응."

페터는 잠시 숨을 고르며 놀란 마음을 가라앉히고 나서 하이디의 손을 덥석 잡았다.

"네가 다시 와서 참 좋다."

그날 밤, 할아버지는 금세 침대를 다시 꾸며 주셨다. 얼마 전에 새로 들여온 마른풀로 만든 침대에서는 향긋한 냄새가 났다. 풀 침대 위에 넓게 펴진 침대보에 누워, 지난 1년 동안 잠을 못 잔 사람처럼 하이디는 깊은 잠에 빠졌다. 마른풀 더미로 만든 새 침대에서 평온하게 잠을 잤다.

할아버지는 밤새 열 번도 더 일어나서 하이디의 침대를 들여다보았다. '혹시 가위에 눌리지 않았을까? 창문이 덜컹거리지 않을까? 깨어나서 돌아다니지는 않을까?' 하고 걱정이 되어서였다.

그러나 하이디는 밤새 돌아다니지 않았을 뿐만 아니라, 잠에서 깨지도 않았다. 하이디의 마음을 그토록 아프게 했던 그리움이 채워졌기 때문이었다. 하이디는 드디어 알프스 알름 산 할아버지한테 다시 돌아온 것이었다.

일요일의 화해

하이디는 할아버지와 함께 산을 내려갔다. 하이디는 페터네 오두막에서 놀고, 할아버지는 되르플리에 가서 어제 맡겨 둔 하이디의 짐을 찾아오기로 했다. 두 사람은 페터네 집 앞에서 헤어졌다.

"아가, 정말 네가 또 와 주었구나."

할머니는 하이디의 발소리를 벌써 알아듣고, 따뜻한 목소리로 반갑게 하이디를 맞이했다.

"하이디야, 흰 빵이 정말 맛있더라. 그걸 먹었더니 기운이 펄펄 넘쳐!"

"할머니, 아끼지 말고 잡수세요. 제가 클라라에게 편지하면 언제든지 빵을 보내 주겠다고 약속했어요. 제가 가지고 온 것보다 더 많이 보내 줄지도 몰라요."

"저런, 고마울 데가 있나! 그렇지만 한꺼번에 많이 보내 주면, 곧 딱딱해지거나 곰팡이가 피어 못 먹을 텐데……. 되르플리에도 빵집이 있긴 하지만, 우리 처지로는 검은 빵을 살 돈도 모자라기 일쑤니 어쩔 도리가 없지."

그때 하이디는 벽장 속에 감춰 둔 돈뭉치가 생각났다.

"할머니, 나 돈 많아요. 그 돈으로 무엇을 할지 몰랐는데, 내일부터 그걸로 매일 흰 빵을 한 개씩 사 드리겠어요. 페터에게 사 오라고 시키면 돼요."

"괜찮다는데도 그러는구나. 네가 받은 것이니 할아버지와 의논하면 할아버지께서 뭘 해야 좋을지 말씀해 주실 게다."

하이디는 페터네 할머니의 말은 잘 듣지도 않고, 할머니께 빵을 많이 사 드릴 수 있다는 기쁜 마음에 신이 나서 방 안을 이리저리 뛰어다녔다. 그러다가 먼지를 잔뜩 뒤집어쓰고 있는 찬송가 책을 발견했다.

"할머니, 제가 찬송가 책에 있는 노래를 읽어 드릴까요?"

"뭐라고? 네가 글을 읽을 줄 안단 말이냐? 아가, 정말 글을 깨쳤니?"

하이디는 책에 쌓인 먼지를 툭툭 털어 내고는, 할머니 옆에 놓여 있는 키 작은 의자에 앉았다.

"할머니, 여기 해에 관한 노래가 있어요. 제가 이걸 읽어 드릴게요."

하이디가 책을 읽으면서 보니까, 할머니 눈에서 눈물이 나와 뺨을 타고 흘러내렸다. 할머니의 얼굴에는 기쁨이 어려 있었다. 할머니의 이런 표정은 처음이었다.

할머니의 얼굴을 보느라 하이디가 아무 말을 하지 않자, 할머니가 간절하게 부탁했다.

"하이디, 마지막 부분을 다시 한 번 읽어 다오."

"고난과 불행이 끝나고, 성난 파도와 세찬 바람이 지난 뒤, 간절히 바라던 태양의 얼굴이 빛나네. 충만한 기쁨과 거룩한 평안을 천국의 정원에서 얻기를 바라니, 내 마음은 그것만을 얻기 바랄 뿐이라네."

하이디가 읽기를 마치자 할머니가 말했다.

"아가, 네 덕분에 내 마음이 환해지고, 얼마나 기쁜지 모르겠구나."

그때 누군가 페터네 오두막 문을 두드리는 소리가 났다. 하이디를 데리러 온 할아버지였다.

"할머니, 내일 또 올게요."

하이디는 할아버지를 따라 산길을 걸어 올라가면서 말했다.

"할아버지, 제제만 씨가 준 돈 말이에요. 쓸데가 생겼어요. 페터네 할머니는 딱딱한 빵은 못 드시니까, 흰 빵을 매일 사 드리려고요. 매일 말랑말랑한 빵을 잡수시게 되면 건강도 좋아지실 거예요. 그래도 되지요?"

"할아버지는 그 돈으로 네 침대를 살까 했는데, 침대를 사더라도 빵을 살 돈은 남을 게다."

"제게는 멋진 마른풀 침대가 있잖아요. 프랑크푸르트에서도 항상 그 침대가 그리웠어요."

하이디가 만족한 표정으로 대답했다. 하이디는 정말 마음이 따뜻하고 착한 아이였다.

"그래, 그 돈은 네 것이니까 너 좋을 대로 쓰려무나. 이제 페터네 할머니는 좋으시겠구나."

하이디는 할아버지의 손을 잡고 기쁜 마음에 깡충깡충 뛰었다. 그러다 갑자기 심각한 표정으로 말했다.

"이제 모든 게 제 소원대로 이루어졌어요. 정말 클라라의 할머니가 말씀하신 대로예요. 이제 전 제 기도가 금방 이루어지지 않더라도 하느님을 의심하지 않을 거예요. 하느님은 저보다도 제게 좋은 일을 잘 알고 계시니까요. 열심히 기도 드려서 하느님을 잊지 말아야 해요. 그렇지 않으면 하느님도 우리들을 잊어버리신대요. 클라라의 할머니가 그랬어요."

"기도하는 것을 벌써 다 잊은 사람은 어떡하지?"

할아버지는 뭔가 마음에 걸리는 것이 있는 듯, 낮은 목소리로 물었다.

"그러면 그 사람은 행복해지지 않을 거예요. 하느님도 그 사람을 잊고 멋대로 가게 내버려 두실 테니까요. 하느님은 미리 그 사람이 원하는 대로 준비해 두시는 분이니까, 그분만 꼭 믿으면 돼요."

"그렇겠구나. 그런데 하이디, 하느님은 당신을 잊어버린 사람을 아직 기억하고 계실까?"

"그럼요, 우리는 누구든지 하느님에게 돌아갈 수 있어요. 클라라 할머니가 그렇게 말씀하셨어요. 할머니가 주신 책에도 그런 말이 많이 씌어 있어요. 집에 가서 보여 드릴게요. 자, 빨리 가요, 할아버지!"

하이디는 짐 속에서 책을 찾아내어 '돌아 온 아들' 이야기를 할아버지께 읽어 드렸다. 이야기가 행복하게 끝나 할아버지가 기뻐할 줄 알았는데, 할아버지는 입을 굳게 다물고 아무 말도 하지 않았다.

그날 밤, 하이디가 곤히 잠든 뒤 할아버지는 등잔불을 들고 다락방으로 올라갔다. 하이디는 두 손을 포개어 잡고 평화롭게 잠들어 있었다. 자기 전에 잊지 않고 기도한 것이 분명했다. 하이디의 발그레한 얼굴에는 평화와 굳건한 믿음이 깃들어 있었다. 할아버지는 자고 있는 하이디의 얼굴을 내려다보며 오래 서 있었다. 이윽고 할아버지는 두 손을 모으고 고개를 숙여 나지막하게 말했다.

"하느님, 저는 그동안 당신을 잊고 살아왔습니다. 저는 당신의 아들이라고 할 자격이 없습니다."

할아버지의 꺼칠한 볼을 타고 두 줄기 눈물이 흘러내렸다.

하이디가 알름 산으로 돌아온 뒤, 첫 번째로 맞이하는 일요일이었다. 이날, 교회에 나와 있던 마을 사람들은 깜짝 놀라 자신들의 눈을 의심했다. 교회 안은 온통 소곤거리는 소리로 가득 찼다.

"봤어요? 알프스 고원 아저씨가 교회에 왔어요!"

"알프스 고원 아저씨야! 알프스 고원 아저씨야!"

예배가 끝난 다음, 할아버지는 하이디를 데리고 목사님에게 갔다. 목사님은 오랫동안 기다리고 있던 친구를 맞아들이는

것처럼 할아버지의 손을 덥석 잡았다.

"목사님, 언젠가 산 위로 저를 찾아오셨을 때 제가 함부로 대한 것을 용서해 주십시오. 제가 나빴습니다. 저는 그동안 마을 사람들을 원망하며 제 고집만 부렸습니다. 이번 겨울에는 산에서 내려와 지내고 싶습니다. 산 위는 너무 추워서 하이디가 지내기에는 힘들거든요. 마을 사람들이 저에게 방을 빌려 줄지 걱정입니다만, 그렇더라도 미워하지는 않겠습니다."

목사님은 기쁨에 넘쳐 할아버지의 손을 꽉 잡았다.

"정말 기쁜 일입니다. 우리는 이웃으로서, 친구로서, 어르신이 마을에 오는 것을 환영합니다. 앞으로는 가끔 긴긴 겨울밤을 우리와 함께 즐겁게 보낼 수 있겠지요. 어르신과 함께하는 시간은 저에게 언제나 즐겁고 귀한 시간이 될 것입니다. 그리고 우리 꼬마를 위해서도 좋은 친구들을 찾아보지요."

할아버지와 하이디가 목사관을 나오자, 그때까지 기다리고 있던 마을 사람들이 몰려왔다.

"반갑습니다! 반갑습니다, 고원 아저씨! 다시 마을로 돌아오셔서 정말 반갑습니다!"

많은 사람들이 두 사람을 보고 알은체를 하며 저마다 한마디씩 인사를 했다.

"고윈 아저씨, 저는 오래전부터 어르신과 이야기를 좀 나누고 싶었어요."

사방에서 할아버지를 환영하는 말이 터져 나왔다. 할아버지는 얼굴에 미소를 머금고 마을 사람들의 인사에 일일이 대답했다.

"이제부터는 되르플리에 내려와 여러분과 겨울을 지낼 생각입니다."

마을 사람들은 '와아!' 하고 함성을 질렀다. 할아버지는 순식간에 마을에서 모든 사랑을 독차지하는 사람이 된 것 같았다. 그리고 많은 사람들이 할아버지와 하이디를 따라 알프스 고원을 함께 올라갔다. 그리고 헤어지기 전에 마을 사람들은 할아버지가 되르플리 마을로 내려오면 집에 한번 들르겠다는 다짐을 하고 산을 내려갔다. 할아버지는 산을 내려가는 마을 사람들의 뒷모습을 오랫동안 묵묵히 지켜보았다.

하이디는 할아버지와 단둘이 남게 되자, 즐거운 얼굴에 조금은 들뜬 목소리로 말했다.

"할아버지, 오늘 아주 멋있었어요. 할아버지가 참으로 자랑스러워요."

"그렇게 보이니? 할아버지는 정말 행복하단다. 마을 사람들이 날 이해해 주고, 따뜻하게 맞아 줘서 정말 기쁘구나. 하느님은 물론이고, 마을 사람들과 다시 화해하고 나니 기분이 좋아 날아갈 것 같구나. 하느님께서 이 할아비를 위해 널 알프스 고원으로 돌려보내 주신 게야."

곧 두 사람은 페터네 오두막으로 갔다. 할아버지는 곧장 오두막 안으로 들어갔다.

"안녕하세요, 할머니! 겨울이 오기 전에 집을 여기저기 좀 더 손을 봐야겠어요."

"원 세상에, 고원 아저씨께서 오셨네! 내 생에 이런 날이 다 있다니! 저번에도 우리 가족을 위해 애써 주셨는데, 감사하다는 말씀을 이렇게 직접 할 수 있다니! 아저씨, 하느님께서 축복을 내리실 거예요!"

할머니는 무척 기뻐서 할아버지의 손을 꼭 쥐고 계속 말을 이어 갔다.

"제 마음에 소망이 하나 있어요. 아저씨, 이 늙은이가 뭘 섭섭하게 하더라도 하이디를 제발 멀리 떠나보내지 마세요. 제가 죽을 때까지 그런 벌을 제게 내리지 마세요. 하이디는 제게 얼마나 소중한지……!"

"걱정 마세요. 다시는 할머니한테나 저한테나 그런 가혹한 벌을 내리지 않을 겁니다. 이제 우리 모두 함께 있을 거예요. 하느님이 허락하실 때까지 오래오래 같이 있을 거예요."

그때, 페터가 숨을 헐떡이면서 집으로 뛰어 들어왔다. 손에는 편지 한 통을 들고 있었다. 되르플리 우체국 직원이 하이디에게 전해 주라고 페터에게 맡긴 편지였다. 페터네 오두막에 있던 사람들은 모두 편지에 과연 어떤 내용이 들어 있을까 궁금하여 탁자에 빙 둘러앉았다.

하이디는 봉투를 뜯은 다음 편지를 큰 소리로 줄줄 읽기 시작했다. 클라라 제제만이 보낸 편지였다.

보고 싶은 하이디!
네가 떠난 뒤부터 나는 심심하고 지루해서 하루하루가 정말 길어. 네가 보고 싶어 견딜 수가 없단다. 그래서 아빠를 졸라 이번 가을에 라가트 온천에 데려다 달라고 했어.
할머니도 알프스에서 너와 할아버지를 꼭 만나고 싶으시대. 참, 네가 페터네 할머니께 드리려고 빵을 가져간 것을 참 잘한 일이라고 칭찬하셨어. 페터네 할머니께서 빵만 드시면 목이 메니까 커피를 보내셨대. 아마 곧 커피가 도착할 거야. 할머니께서 알프스 고원에 가시면 페터네 할머니를 만나고 싶어 하셔. 우리 모두 만날 날을 손꼽아 기다리고 있어.

생각지도 못한 소식에 모두들 깜짝 놀라며 기뻐했다. 그리고 손님을 맞을 기대감에 할아버지도 시간 가는 줄 몰랐다. 무엇보다 기쁜 일은, 반가운 소식으로 즐거운 시간에 모두 함께 있었다는 사실이었다.

페터네 할머니는 기쁜 마음을 마무리하듯이 말했다.

"무엇보다도 가장 아름다운 일은 옛 친구를 다시 찾아와 손을 내미는 일이지요. 이러한 기쁜 일이 생기면 우리 마음은 크게 위로받고, 우리가 사랑하는 것을 다시 찾게 되지요. 고원 아저씨, 곧 또 오실 거지요? 우리 아기는 내일 또 오겠지?"

할아버지와 하이디는 그렇게 하겠다고 단단히 약속했다. 골짜기에서 울려 퍼지는 평화로운 종소리가 저녁 햇살을 받고 있는 오두막까지 내내 두 사람을 따라왔다. 하이디는 속으로 생각했다.

'클라라 할머니가 알름 산에 오시면, 즐겁고 놀라운 일들이 많이 일어날 거야. 클라라네 할머니는 어디를 가시든 얼마 안 되어 모든 일을 바로잡으시니까.'

되르플리의 겨울

　겨울이 다가왔다. 첫눈이 오자, 할아버지는 하이디와 함께
마을로 내려왔다. 교회 옆에 오랫동안 버려져 있던 큰 집이 있
었다. 할아버지는 솜씨를 부려 구석구석 새집처럼 고쳤다. 난
로와 벽 사이에 있는 넓은 창고 같은 공간에 널빤지 네 개가
세워져 있었다. 그 안에는 오두막과 똑같은 침대가 꾸며져 있
었다. 높이 쌓아 올린 마른풀이며, 면으로 된 침대보며, 이불
로 쓴 자루며, 어느 하나도 다른 것이 없었다.

　하이디는 좋아서 어쩔 줄 몰랐다.

　"할아버지, 여기가 제 방이지요? 정말 예뻐요. 할아버지 방
은 어디예요?"

"우리 하이디가 춥지 않으려면 방에 난로가 있어야지. 자, 이제 할아버지 방으로 가 보자."

신이 난 하이디는 깡충깡충 뛰며 자기 방을 가로질러 할아버지의 뒤를 따라갔다. 반대쪽 문을 여니 작은 방이 나왔고, 거기에는 할아버지의 침대가 놓여 있었다. 그 방 안에 또 다른 문이 있어 열어 보니 아주 커다란 부엌이 있었다. 할아버지는 크지만 아주 낡아 빠진 문도 튼튼하게 고정시켜 놓았고, 작은 나무 찬장들도 짜 넣었다.

문을 열고 나가면 나무 덤불이 무성한 담 밑에 딱정벌레와 도마뱀이 살고 있었지만, 하이디는 새집이 마음에 쏙 들었다. 그래서 이사한 다음 날 페터가 새집을 구경 왔을 때, 오랫동안 살았던 것처럼 집 안 여기저기를 잘 안내할 수 있었다.

하이디는 따뜻한 난롯가에서 잠을 잤지만, 알프스 고원으로 착각하고 아침에 일어나면 문을 박차고 나가 전나무 흔들리는 소리를 들으려 했다. 이내 고원의 오두막이 아니라는 사실을 깨닫게 되면 답답한 마음이 들었다. 그렇지만 바깥에서 백조와 작은 곰한테 말을 거는 할아버지 목소리와 염소들의 요란한 울음소리가 들리면 되르플리의 집에 있다는 생각에 다시 안심이 되곤 했다.

　고원에서 내려온 뒤로 페
터네 할머니가 궁금했지만, 할아
버지는 고원에 눈이 한 길이나 쌓여서 갈
수 없으니 눈이 꽁꽁 얼 때까지 조금만 기다리라고 했다.
　하이디는 매일 아침과 오후에 되르플리 학교에 가서 아주
열심히 공부했다. 그러나 페터를 학교에서 만나는 날은 드물
었다. 페터는 결석을 자주 하며 거의 학교에 나오지 않았다.
　마음씨 좋고 자상한 선생님은 페터를 감싸 주었다.

"페터가 오늘도 학교에 안 올 모양이군.
학교에 오면 좋겠지만 고원 위에는 눈이 너무 많
이 쌓여서 올 수 없겠지."

학교에서도 페터를 못 만났기 때문에, 산 위에 있는 할머
니의 소식이 무척 궁금했다.

그러던 어느 날, 산 전체가 꽁꽁 얼어붙어 반짝반짝 빛나
는 날이 왔다.

페터는 오랫동안 이 날이 오기를 기다렸다. 페터는 썰매에
올라타고 화살처럼 미끄러져 산을 내려왔다. 그런데 어찌나
빨리 달렸던지 그만 되르플리 마을을 지나치고 말았다. 이
미 학교에 지각을 하게 된 페터는, 생각을 바꿔 하이디를 만
나러 가기로 했다.

페터가 하이디의 집에 도착했을 때, 하이디는 막 점심을
먹고 있었다.

"길이 꽁꽁 얼어붙었어."

페터가 불쑥 방으로 들어서면서 말했다.

"그럼, 할머니한테 갈 수 있겠네!"

하이디는 의자에서 벌떡 일어서며 좋아하더니, 다음 순간 눈을 동그랗게 뜨며 물었다.

"그런데 왜 학교에는 오지 않았니? 썰매를 타면 올 수 있었을 텐데."

"썰매가 너무 빨리 달리는 바람에 학교를 지나쳐 버렸어."

그 말을 들은 할아버지가 페터를 꾸짖었다.

"염소 대장! 바로 그런 걸 두고 군대에서는 탈영이라고 한단다. 군인들은 탈영을 하면 벌을 받게 되지. 게으름 피우다 그랬지? 다시 게으름을 피우면 귀를 잡아당겨 줄 테다."

페터는 세상에서 가장 존경하는 고원 아저씨의 말에 깜짝 놀라서 얼른 모자를 귀 밑까지 푹 잡아당겼다.

"페터, 대장인 네가 게으름을 피우고 해야 될 일을 하지 않으면, 네가 데리고 다니는 염소들도 말을 들으려고 하지 않을 게다. 앞으로는 학교에 갈 시간을 지나치는 일이 없었으면 참 좋겠다."

할아버지는 알아듣기 쉽게 페터를 잘 타일렀다.

다음 날 페터는 제시간에 맞추어 아침 일찍 학교에 왔다. 점심 도시락도 책을 넣어 다니는 자루에 넣어 왔다. 학교에서 점심을 먹고, 오후 1시가 되면 다시 수업이 시작되었다. 수업이 끝나면 하이디와 함께 고원 아저씨 집으로 왔다.

하이디는 페터를 앉혀 놓고 조심스럽게 말을 꺼냈다.

"페터, 너한테 할 말이 있어."

"뭔데? 말해 봐."

"너도 이젠 글자 공부를 열심히 해서 책을 술술 읽을 수 있어야 해."

"나는 안 돼. 아무리 해도 술술 읽을 수가 없어."

페터는 자신이 없어서 시무룩하게 말했다.

"내가 공부를 가르쳐 줄게. 네가 글을 읽으면 할머니에게 재미있는 이야기책을 읽어 드릴 수도 있어."

하이디가 자신 있게 말했다.

"다 소용없는 일이야. 그런 일은 시시하단 말이야."

페터의 말에 하이디는 화가 났다.

"공부를 안 하면 어떻게 되는 줄 알아? 네 어머니가 너를 프랑크푸르트에 보내서 공부시키겠다고 하셨어. 그런데 프랑크푸르트에 있는 학교 선생님은 무척 무서워. 네가 만약 책을 잘

못 읽어 틀리면 선생님에게 혼날 거야. 애들에게는 놀림감이 되고. 그래도 괜찮아? 너도 다른 사람이 무시하고 얕잡아 보는 게 어떤 건지 한번 당해 보아야 한다니까."

페터는 겁이 덜컥 나서 소리쳤다.

"이제 그만해. 나 공부할게."

"자, 그럼 지금부터 당장 시작하자."

하이디는 클라라가 보내 준 선물 더미에서 작은 책을 한 권 찾아냈다. 노래 형식을 빌려 ABC 철자를 가르치는 책이었다. 하이디가 입을 열었다.

"오늘도 ABC를 모르면, 내일은 교장실에 불려 가지."

페터는 심통 난 목소리로 말했다.

"난 안 가!"

하이디가 물었다.

"어딜?"

"교장실에."

"그래, 네가 이 세 글자만 알면 교장실에 가지 않아도 돼."

하이디는 또랑또랑한 목소리로 발음하면서 책을 읽어 갔다.

"DEFG는 술술 나와야 하네. 그렇지 않으면 불행이 따르리.

HIJK를 잊으면 벌써 불행을 맞이하리.

아직도 LM을 더듬거리면 벌금도 내고 창피도 당하리.

그다음에 무엇이 기다리는지 알면 NOPQ를 얼른 배우리.

RST에서 머뭇거리면 달걀귀신이 쫓아와 뒤꿈치를 물리라.

U를 V로 혼동하면 절대 가고 싶지 않은 곳에 가야 되리.

아직도 W를 모르면 벽에 걸린 회초리를 보아야 하리.

아직도 X를 깜박 잊으면 오늘은 하루 종일 굶어야 하리.

Y에서 멈추면 비웃음과 업신여김을 당하리.

아직도 Z에서 꾸물거리면 아프리카 호텐토트 족한테 보내 버리리.”

긴 겨울 동안 하이디는 페터에게 글자 쓰기와 책 읽기를 열심히 가르쳤다. 페터가 하루라도 빨리 자기를 대신해서 할머니께 찬송가를 읽어 드리게 하고 싶었다. 페터가 꾸물댈 때마다 하이디가 겁을 주며 단호하게 가르치는 바람에, 페터의 실력은 부쩍부쩍 늘었다.

어느 날 저녁, 집에 돌아온 페터는 할머니에게 자신 있게 말했다.

“할머니, 찬송가 책 읽어 드릴까요?”

“뭐, 글을 읽을 수 있어? 정말 읽을 수 있단 말이냐?”

할머니는 믿기지 않는다는 눈치였다.

페터는 찬송가 책에서 노래 한 편을 또박또박 읽어 내려가기 시작했다.

"아니, 이게 정말 페터가 책 읽는 소리란 말이냐?"

할머니는 오랫동안 들을 수 없었던 노래를 다시 듣게 되어 한없이 기뻤다. 엄마도 페터 옆에 앉아 놀랍고 기뻐서 입을 다물 줄 몰랐다.

"어머니, 우리 페터가 읽는 걸 배우다니, 정말이지 무척 기뻐요. 저 애가 앞으로 더 큰 일을 할 수 있겠지요?"

그다음 날 학교에서 페터가 읽을 차례가 되었을 때, 선생님이 말했다.

"페터는 또 빼놓아야겠지? 네가 읽는 것은 글자를 그냥 건너뛰는 것이니까 말이야. 그래도 한번 읽어 볼 테냐?"

페터는 책을 들고 일어나 막힘없이 술술 읽어 내려갔다.

"한 자도 틀리지 않고 읽다니, 정말 놀랄 일이구나!"

선생님은 기적이라도 본 듯 신기해하며 말했다.

"페터, 너한테 기적이 일어났구나! 내가 그토록 오랫동안 읽기를 가르쳤는데도 너는 철자도 제대로 못 읽더니⋯⋯! 이제는 너한테 글자 가르치기를 포기하려 했는데, 이런 기적이 일어나다니!"

"이게 모두 하이디 덕분이에요. 하이디가 글자를 가르쳐 주었어요."

선생님은 더욱 놀라 하이디를 보았다. 하이디는 보통 때처럼 얌전히 앉아서 생글생글 웃고 있을 뿐이었다.

"아무튼 페터, 넌 그전과는 아주 달라졌어. 툭하면 학교를 결석하더니 요즈음에는 하루도 빠지지 않는구나. 이렇게 착한 아이가 된 건 누구 때문이니?"

"그건, 고원 아저씨 덕분이에요."

페터가 대답했다.

'그 무서운 고원 아저씨 덕분이라고?'

선생님은 물론 교실 안에 있는 모든 아이들은 깜짝 놀랐다.

수업이 끝나자마자 선생님은 목사님께 달려갔다. 그날 무슨 일이 벌어졌는지, 알프스 고원 아저씨와 하이디가 마을에서 어떤 좋은 영향을 미치는지 보고하기 위해서였다.

클라라, 알름 산에 오다

　5월이 되었다. 눈이 녹아 불어난 계곡 물이 고원 위에서 산 골짜기로 힘차게 흘러 내려갔다. 하이디는 산 아래 마을에서 산 위의 오두막집으로 돌아왔다.

　하이디는 낯익은 길을 찾아 마음껏 뛰어놀았다. 어떤 때는 가만히 서서 나뭇가지를 흔드는 감미로운 바람 소리에 귀 기울이기도 하고, 또 어떤 때는 흙 사이를 비집고 싹을 틔우려는 예쁜 새싹을 열심히 들여다보기도 했다. 수많은 작은 날벌레와 딱정벌레가 햇빛을 받으며 날아다녔다. 하이디는 알프스의 봄이 어느 계절보다 가장 아름답다고 생각했다.

　오두막 뒤쪽에서는 할아버지의 망치질과 톱질하는 소리가

들려왔다. 하이디는 할아버지가 무엇을 만드는지 보고 싶어 창고 쪽으로 뛰어갔다. 창고 문 앞에는 벌써 다 만들어진 예쁜 새 의자가 놓여 있었다.

"할아버지, 난 이게 누구 의자인지 알아요. 이건 클라라네 할머니 거고, 할아버지가 들고 있는 건 클라라 거죠?"

하이디는 벌써 다 만들어진 의자 하나와 지금 만들고 있는 의자를 가리키며 물었다.

"글쎄, 남는 의자가 없으니 하나 만들어 두면 안심이 되지."

그때 산 위쪽으로부터 휘파람 소리가 들려왔다. 하이디는 그 소리가 무슨 소리인지 알아차리고 얼른 뛰어나갔다. 어느새 산비탈을 내려온 염소들이 하이디에게 먼저 다가와 반가움을 표현하려고 북새통을 이뤘다. 그 틈을 비집고 페터가 품속에서 무언가를 꺼내 불쑥 내밀었다. 그리고 아무런 설명 없이 하이디가 알아서 이해하라는 식이었다.

하이디는 겉봉을 자세히 살펴보더니 단숨에 창고로 달려갔다. 그러고는 날아갈 듯 기뻐하며 할아버지에게 편지를 내밀었다.

"할아버지, 프랑크푸르트에서 왔어요! 클라라에게서 편지가 왔어요! 뭐라고 썼는지 읽어 볼까요?"

할아버지는 일손을 멈추고 고개를 끄덕였다. 뒤따라오던 페터도 기둥에 기대서서 귀를 기울였다.

보고 싶은 하이디에게
여행 준비는 다 되었어. 이제 아버지 일만 끝나면 출발할 거야. 아버지는 먼저 파리에 들렀다가 스위스로 오신다고 하셨어.
의사 선생님은 날마다 오신단다. 그러고는 큰 소리로 '하루라도 빨리 알프스 고원으로 떠나도록 해라. 건강에 산만큼 좋은 곳은 없어.' 하고 말씀하셔. 그런데 의사 선생님도 요즈음 사랑하는 딸을 잃고 난 후, 건강이 많이 안 좋아지셨어. 의사 선생님도 하이디 네가 살고 있는 알프스로 언젠가는 오실 거래.
처음 6주일쯤은 라가트 온천에서 지낼 거야. 그러고 나서 되르플리로 갈거야. 그러면 너랑 매일 만날 수 있고, 날씨가 좋으면 난 휠체어를 타고 고원으로 올라가 저녁때까지 너하고 놀 거야. 생각만 해도 가슴이 두근거려. 할머니도 너를 만나게 될 날을 손꼽아 기다리고 계신단다. 로텐마이어 부인은 안 갈 거야. 세바스찬이 로텐마이어 부인한테 알프스 고원 올라가는 길이 험준하다고 겁을 두어서 스위스 여행 이야기가 나오면 시큰둥한 태도를 보이거든.
나는 네가 보고 싶어 오늘 당장에라도 떠났으면 좋겠는데, 곧 떠난다니까 참아야겠지? 할머니께서도 안부 전해 달라고 하셨어.
그럼 안녕!

너의 친구 클라라

하이디가 편지를 다 읽자, 귀 기울여 듣고 있던 페터가 화가 잔뜩 난 듯 회초리를 거칠게 휘둘러 댔다. 그 바람에 염소들이

모두 놀라서 우르르 산 아래로 뛰어 내려갔다. 페터는 심통이 났다. 프랑크푸르트에서 오는 손님들한테 하이디를 빼앗겨 함께 놀지 못할 것 같았기 때문이었다.

하이디는 뛸 듯이 기쁘고 행복하여 다음 날 당장 페터네 할머니에게 달려가 이 기쁜 소식을 전했다.

알프스 고원이 초록색으로 변해 가는 5월도 지나고, 어느덧 6월이 되었다. 날이 따뜻해지면서 밤은 짧아지고 차츰 낮이 길어졌다. 다채로운 꽃물결로 뒤덮인 온 산이 달콤한 꽃향기로 가득 찼다. 하이디는 여느 때처럼 아침 일찍 집안일을 끝내고 얼른 전나무 숲으로 가 볼 생각이었다. 무리 지어 자라는 용담덤불에 꽃이 피었는지 궁금했다. 작은 꽃망울을 터트리는 용담꽃이 고원에서 가장 예뻤다. 그런데 하이디가 오두막 모퉁이를 막 돌아서 뛰려다 말고 크게 소리 질렀다.

"할아버지! 할아버지! 이리 와 보세요! 저기 좀 보세요, 저기요……!"

알프스 고원을 꼬불꼬불 오르는 행렬이 눈에 들어왔다. 할머니는 말을 타고 안내원과 이야기를 주고받으며 올라오고 있었고, 클라라는 두 사람이 메고 오는 가마에 수건으로 몸을 두르고 앉아 있었다. 그 뒤를 어린 소년이 휠체어를 들고 따라왔다. 행렬의 맨 끝에는 사람 키보다 훨씬 더 높은 짐을 등에 진 짐꾼이 올라오고 있었다.

하이디는 좋아서 팔짝팔짝 뛰며 소리쳤다.

"클라라와 할머니예요! 클라라와 할머니예요!"

드디어 클라라와 할머니가 알프스 산으로 왔다. 하이디는 곧장 클라라에게 달려갔다. 두 아이는 반가워서 어쩔 줄 몰랐다.

할머니는 말에서 내려서더니, 먼저 하이디를 다정하게 품에 꼭 안아 주었다. 그리고 환영 인사를 하려고 다가온 할아버지에게도 인사를 했다. 두 사람은 처음 보는 사이였지만, 마치 옛 친구처럼 서로 편하게 대했다. 인사가 끝나자 할머니는 피곤한 기색도 없이 여기저기를 둘러보며 말했다.

"고원 아저씨, 참으로 훌륭한 곳이로군요. 이렇게 아름다운 곳일 줄은 짐작도 못 했어요. 게다가 하이디는 어쩌면 이렇게 튼튼해졌을까? 마치 깊은 산속에 핀 들장미처럼 싱그럽고 예쁘군요."

할머니는 하이디를 다정하게 끌어안으며 생기가 넘쳐흐르는 하이디의 두 볼을 쓰다듬어 주었다.

할아버지는 그사이에 클라라의 휠체어에 담요를 깔고 양산을 꽂아 놓았다.

"클라라는 이리로 옮겨 앉는 게 좋겠다. 아무래도 사용하던 것이 편할 테니까."

할아버지는 클라라를 번쩍 들어 올려 휠체어에 조심스럽게 앉혔다. 그러고는 담요를 무릎에 덮어 주고 부드러운 쿠션에 발을 올려 주었다. 병원에 있는 간호사들보다도 자상하고 익숙한 솜씨였다.

할머니는 클라라를 다루는 할아버지의 익숙한 솜씨에 깜짝 놀랐다.

"아니, 고원 아저씨, 어디에서 그런 솜씨를 배우셨어요? 오늘 당장 제가 알고 있는 간병인들을 보내서 고원 아저씨처럼 훌륭한 간호 솜씨를 배워 오도록 해야겠어요."

할아버지는 빙긋 웃으며 겸손하게 말했다.

"이건 배운 솜씨라기보다 경험이랍니다."

할아버지의 얼굴은 웃고 있었지만 슬픈 그림자가 살짝 스치고 지나갔다. 할아버지는 군대에서 모셨던 중대장이 생각났다. 이탈리아 시칠리아 섬에서 격렬한 전투가 끝났을 때 심하게 부상을 당하여 쓰러져 있는 중대장을 발견하고는 간신히 목숨을 구해 준 일이 있었다. 심한 부상을 입은 중대장은 죽을 때까지 할아버지 말고는 그 어떤 사람의 보살핌도 받으려 하지 않았다.

할아버지는 클라라를 물끄러미 바라보면서 생각에 잠겼다.

'이 허약한 클라라를 정성껏 보살피고 간호하는 일이 이제 내가 할 일이구나! 한때 그토록 익숙했던 경험으로 말이야.'

할머니와 클라라가 주위에 있는 아름다운 꽃을 보고 즐거워하는 동안, 할아버지는 재빨리 식사 준비를 했다. 식탁과 의자를 내오고, 맛있는 염소젖을 따뜻하게 데우고, 노릇노릇 구워진 치즈와 부드러운 빵도 가져왔다.

잠시 후에 모두 야외 식탁에 둘러앉았다. 주위에는 알프스 산과 골짜기의 아름다운 경치가 그림처럼 펼쳐졌고, 신선한 바람이 불어와 상쾌한 기분이 들었다. 전나무를 흔들어 대는 바람 소리는 감미로운 음악 같았다.

할머니는 훌륭한 경치에 감탄하여 몇 번이고 외쳤다.

"이렇게 멋진 점심은 처음입니다. 정말 훌륭해요."

할머니는 노릇하게 구운 치즈를 맛있게 먹고 있는 클라라에게 말했다.

"아니, 이럴 수가! 클라라, 너 치즈를 또 먹는구나!"

지금까지는 빵 한 조각도 제대로 못 먹던 클라라가 자기 몫을 다 먹고 더 먹다니, 놀라운 일이었다.

"네, 할머니. 라가츠에서 식탁 가득 차려진 음식보다 백배 천배 훨씬 더 맛있어요."

할아버지가 클라라의 말에 흐뭇해하며 말했다.

"그래, 많이 먹으렴. 마음껏 많이 먹으렴. 음식은 소박하지만 이 산의 공기가 음식을 맛있게 만들어 주는 것이란다."

할머니와 할아버지는 식사를 하면서 여러 가지 이야기를 나누었다. 두 사람은 서로 마음이 잘 맞아 아주 즐거운 이야기를 나누며 시간 가는 줄 몰랐다.

해가 서쪽으로 기울기 시작했다. 할머니가 클라라를 재촉하며 말했다.

"이제 천천히 돌아갈 채비를 해야겠구나. 해가 벌써 많이 기울었어. 마부와 가마꾼이 곧 올라올 게다."

그러자 클라라의 표정이 금방 어두워졌다. 클라라는 애원하듯이 할머니께 말했다.

"조금만 더 있다가 가면 안 돼요? 할머니, 난 아직 하이디의 방도 못 보고, 집 안 구경도 못 했어요."

사실 할머니도 집 구경을 하고 싶었던 참이었다. 그래서 모두들 따라 일어섰다.

할아버지는 천천히 휠체어를 밀고 클라라를 집 안으로 데리고 들어갔다.

할머니는 호기심에 가득 찬 눈으로 이곳저곳을 유심히 살펴보았다. 모든 것이 제자리에 차분하게 놓여 있어 유쾌한 기분이 들었다.

"바로 이 위가 네 침실이겠구나. 내 말이 맞지?"

할머니는 사다리를 올라가면서 하이디에게 물었다. 할머니는 하이디의 마른풀 침대를 보고는 눈이 휘둥그레졌다.

"참 좋구나. 이 다락방은 향긋한 냄새로 가득 차 있어. 이런 침대에서 자면 건강해질 수밖에 없겠어."

할머니는 침대 위에 올라가 둥근 창으로 바깥을 내다보았다. 그러고는 클라라의 표정을 살폈다.

할아버지의 두 팔에 안긴 클라라는 마른풀 냄새를 자꾸 들이마셨다. 하이디의 침실에 아주 반해 버린 눈치였다.

"하이디, 넌 정말 좋겠다. 이 침대에서는 하늘도 바라볼 수 있고, 온통 향기로운 풀 냄새도 맡고, 전나무를 스치고 지나가는 바람 소리도 들을 수 있으니 말이야. 이렇게 근사한 침실은 어디에도 없을 거야!"

클라라의 말을 조용히 듣고 있던 할아버지가 할머니에게 조심스럽게 말을 꺼냈다.

"저, 제 생각을 말씀드리겠습니다. 클라라 할머니께서 저를 믿고 허락해 주신다면 클라라를 이곳에서 한 4주일 정도 데리고 있으면 어떻겠습니까? 제가 잘 보살피고 돌보겠습니다. 그러면 클라라도 머지않아 건강을 되찾을 것입니다. 수건과 이불을 잔뜩 가지고 오셨으니 그걸로 푹신한 침대를 꾸밀 수 있을 겁니다."

옆에서 이 말을 듣고 있던 클라라와 하이디는 뛸 듯이 기뻐했다.

그러자 할머니도 활짝 웃으며 대답했다.

"저도 아까부터 그런 생각을 하고 있었답니다. 그렇지만 혹시 할아버지께 폐를 끼치는 건 아닐까 싶어서 차마 말을 못 꺼내고 있었어요. 그런데 그렇게 말씀해 주시니 기쁩니다."

할아버지는 잘되었다는 표정으로 할머니와 악수를 했다. 마음이 통한 두 사람은 커다란 숄과 담요로 푹신한 클라라의 침대를 만들어, 하이디의 침대 옆에 나란히 붙여 놓았다.

클라라와 하이디는 앞으로 한 달은 같이 지낼 수 있다는 생각에 가슴이 터질 듯 기뻤다.

"그래, 그럼 나는 내려가련다. 할아버지가 나보다 더 잘 보살펴 주실 테니 할미는 라가츠 온천에 있으마."

할아버지는 할머니를 배웅하러 나갔다.

할아버지가 고원으로 아직 돌아오시기도 전에, 페터가 염소들을 몰고 산을 내려왔다. 염소들은 하이디를 보자 기뻐서 재빨리 두 소녀를 에워쌌다.

하이디는 염소들의 이름을 하나하나 부르며 클라라에게 소개했다.

클라라는 이야기로만 듣던 '흰눈', '작은 곰'과 직접 인사를 나누게 된 것이 무척 기뻤다.

그러는 동안 페터는 저만큼 멀리 떨어져서 심술이 난 얼굴로 클라라를 잔뜩 노려보고 있었다.

"페터야, 안녕!"

"안녕, 페터!"

하이디와 클라라가 이렇게 인사해도 페터는 들은 체도 않고 거칠게 회초리를 휘두르며 염소들보다 앞서서 산을 내려가 버렸다.

밤이 찾아오자 클라라와 하이디는 침대에 사이좋게 누웠다. 클라라는 천장에 난 둥그런 창문을 통해 반짝이는 별들을 올려다보았다. 낮 동안 보았던 알프스의 아름다운 많은 모습에다, 더 아름다운 모습이 보태졌다.

"하이디, 지금 난 하늘 마차를 타고 높고 높은 하늘로 올라 가는 것 같아!"

클라라가 감탄하여 큰 목소리로 말했다.

하이디가 어른스럽게 말했다.

"그래, 맞아. 별들도 기뻐하며 우리를 향해 반짝반짝 빛나 지? 그것은 하느님께 기도하는 걸 잊어서는 안 된다고 이야기 하는 거야. 하느님께 우리를 잘 지켜 달라고 기도하자."

두 아이는 침대에서 일어나 앉아 각자 기도를 올렸다. 그러 고 나서 하이디는 팔베개를 하고 곧 잠이 들어 버렸다. 그렇지 만 클라라는 쉽게 잠을 이룰 수가 없었다. 태어나서 처음으로 별빛이 비치는 아름다운 침실에서 잠을 청했기 때문이었다. 자꾸자꾸 별이 보고 싶었다. 클라라는 조금이라도 오래 별을 보려고 눈을 크게 뜨고 누워 있었으나, 이윽고 클라라의 눈도 스르르 감겼다. 그리고 꿈속에서 여전히 아름답게 반짝이는 커다란 별 두 개를 보았다.

행복한 나날

할아버지는 늘 그랬듯이 오두막 앞에 나와 아침 해가 떠오르는 광경을 경건한 마음으로 지켜보았다. 그러고는 조심스럽게 다락방으로 올라갔다. 클라라는 막 잠에서 깨어 둥근 창으로 들어오는 눈부신 햇살을 맞이하고 있었다. 그러다가 자기 옆에 하이디가 자고 있는 것을 보았다. 할아버지의 다정한 목소리가 들렸다.

"그래, 잘 잤니? 피곤하지 않았니?"

"조금도 피곤하지 않아요. 정말 잘 잤어요. 밤새 한 번도 깨지 않았어요."

"그렇다니, 정말 기쁘구나."

하이디가 눈을 떴을 때 클라라는 벌써 옷을 다 갈아입고 할아버지에게 안겨 아래로 내려가려는 참이었다. 부지런한 할아버지는 클라라의 휠체어가 불편 없이 다닐 수 있도록 오두막 주변을 벌써 손보아 놓으셨다.

하이디는 자리에서 일어나 서둘러 사다리를 내려갔다.

마침 신선한 아침 바람이 두 소녀의 얼굴을 스치고 지나갔다. 바람결을 타고 전나무 가지에서 은은하고 향기로운 냄새가 풍겨 왔다.

클라라는 행복한 마음으로 산의 공기를 힘껏 들이마셨다.

"하이디, 여기 알프스에서 오랫동안 살고 싶어. 공기는 맑고, 햇볕은 부드럽고 따뜻해."

클라라는 지금까지 느껴 보지 못했던 상쾌한 기분에 젖었다. 산 위에서의 생활이 이렇게 기분 좋은 일일 줄은 정말 몰랐다.

하이디가 좋아하며 말했다.

"그것 봐. 내가 전에 말했지, 할아버지가 계시는 알프스 고원이 이 세상에서 제일 아름답다고."

그때, 할아버지가 염소 우리에서 나오셨다. 할아버지의 손에는 거품이 채 가시지 않은, 눈처럼 흰 염소젖이 가득 담긴 사발 두 개가 들려 있었다.

"몸에 좋을 거다. 지금 막 백조한테서 짜 온 것이란다. 이걸 마시면 힘이 날 거야. 자, 어서들 먹자!"

클라라는 지금까지 염소젖을 마셔 보지 않았지만, 하이디가 맛있게 먹는 것을 보고는 사발에 담긴 백조의 젖을 한 방울도 남기지 않고 다 마셨다.

할아버지는 하이디를 따라 염소젖을 맛있게 마시는 클라라를 대견스럽게 바라보았다.

"내일은 두 사발 마셔야 한다."

그때 페터가 염소 떼를 몰고 오두막에 왔다. 하이디는 보통 때처럼 염소들에게 빙 둘러싸여 아침 인사를 받고 있었다. 할아버지는 페터를 곁으로 불렀다.

"자, 염소 대장! 내 말 잘 들어라. 오늘부터 넌 백조가 제 마음대로 가도록 내버려 두어라. 백조는 약효가 가장 좋은 약초가 어디서 자라는지 알고 있거든. 네가 좀 힘이 들어도, 백조가 높은 곳에 가도 잡아 내리지 말고 그냥 따라다니기만 해라. 좋은 풀을 먹어야 좋은 젖을 낼 수 있거든. 내 말 꼭 명심해야 한다."

페터는 고원 아저씨의 말을 늘 잘 따랐다. 그렇지만 하이디가 풀밭에 함께 못 간다고 하자 심통이 나서 대답을 하는 둥마는 둥 하며 산으로 올라가 버렸다.

클라라와 하이디는 같이 하고 싶은 것이 많고, 여러 가지 계획을 세웠기 때문에 무엇부터 시작해야 좋을지 몰랐다.

"먼저 할머니한테 편지를 쓰자."

두 아이는 할머니한테 날마다 편지를 쓰겠다고 약속했다. 얼마 지나지 않아 클라라네 할머니가 쓴 답장이 짐꾼들을 통해 두 아이의 손에 도착했다. 편지만 들고 온 것이 아니고, 언제라도 잘 수 있게 완전히 조립되어 새하얀 침대보가 깔린 침대를 지게에 각각 하나씩 짊어지고 있었다. 다음 날도, 그다음 날도 하루하루가 즐거운 날이 계속되었다.

한편 라가츠 온천에 머물고 있는 할머니는 알름 산에서 오는 편지를 받을 때마다 무척 기뻤다.

할머니,
산 위에서 보내는 생활이 갈수록 더 좋아지고 있어요. 할아버지께서 저를 얼마나 정성스럽게 보살펴 주시는지 말로 표현할 수가 없어요. 하이디도 프랑크푸르트에 있을 때보다 훨씬 더 재미있어졌어요. 할머니, 저는 아침에 탑에서 깨어 눈을 뜨면 '하느님, 저를 아득 알프스 고원에 있게 해 주셔서 감사합니다.'라고 기도해요.

할머니는 날마다 하이디와 클라라에게서 들려오는 기쁜 소식에 더할 나위 없이 즐거웠다.

매일 많은 일을 하다 보니 클라라는 잠자리에 들기만 하면 금방 잠에 빠져 아침까지 푹 잤다. 클라라의 혈색은 점점 더 좋아졌다.

클라라가 산에 온 지도 벌써 3주일이 되었다.

얼마 전부터 할아버지는 다락방에서 클라라를 안고 내려와서 휠체어에 앉혀 줄 때마다 이렇게 말했다.

"자, 클라라, 휠체어에서 발을 떼고 한번 서 보렴."

클라라도 할아버지를 기쁘게 해 드리고 싶어서 그대로 해 보았지만, 발을 땅에 딛자마자 '아얏!' 하고 비명을 지르며 할아버지에게 쓰러졌다. 그래도 할아버지는 끈기 있게 클라라에게서는 연습을 시켰다.

산 위는 좋은 날씨가 계속되었다. 가는 곳마다 아름다운 꽃이 활짝 피어 있었다. 클라라는 하이디한테서 산에 피는 꽃에 대해 얘기를 듣다가 문득 산에 가고 싶어졌다.

"할아버지, 산에 올라가 보고 싶어요. 내일 산에 데려다 주세요."

"그래, 대신 클라라도 내게 약속을 해 다오. 다시 한 번 서는 연습을 해 보겠다고."

클라라는 내일 산에 올라갈 생각에 가슴이 벅차서 그렇게 하겠다고 약속을 했다. 두 아이는 밤에 잠자리에 들어서도, 내일 할아버지와 함께 산에 간다는 기쁨에 들떠서 금방 잠들지 못했다.

이튿날 아침, 할아버지는 산으로 갈 채비를 하며 휠체어를 헛간에서 꺼내 놓았다. 그런 뒤에 아이들을 깨워 나머지 준비를 시켰다.

그때 페터가 염소들을 몰고 산으로 올라왔다. 염소들은 페터의 회초리를 피하려고 조금 떨어져 오고 있었다.

페터는 요즈음 늘 기분이 나빠서 애꿎은 염소들에게 회초리를 휘두르며 화풀이를 하곤 했다. 페터가 이렇게 심술궂게 된 것은 클라라 때문이었다. 클라라가 이곳에 온 뒤로는 하이디를 클라라가 온통 독차지했다. 그래서 페터는 한 번도 하이디와 놀지 못했던 것이었다.

오늘도 클라라와 함께 산에 간다고 하니 페터는 더욱 화가 났다. 문 앞에 세워진 휠체어를 보자, 그것이 자신에게서 하이디를 빼앗아 간 클라라로 보였다. 페터는 보기 싫은 휠체어를 발로 힘껏 걷어찼다. 휠체어는 아주 빠른 속도로 굴러떨어지기 시작했다.

그 광경을 본 페터는 잽싸게 산 위로 뛰어 올라갔다. 들장미 덩굴이 우거진 풀숲에 몸을 숨기고는 가쁜 숨을 내뿜으며 밖을 지켜보았다.

휠체어는 점점 빠른 속도로 구르고 부딪히고 튀어 오르고 하여 산산이 부서져 버렸다. 그 모습을 보자 페터는 속이 후련해졌다.

"휠체어가 없어졌으니 이제부터 클라라는 아무 데도 다닐 수 없게 될 거고, 어쩔 수 없이 집으로 돌아갈 거야. 심심해진 하이디는 전처럼 다시 나하고 친하게 지낼 거야."

페터는 이렇게 혼잣말을 하며 얼른 고원으로 달려갔다. 페터의 마음속에는 클라라가 어서 하이디의 곁을 떠났으면 좋겠다는 바람뿐이었다. 나쁜 짓을 하면 어떻게 되고, 그다음 어떤 결과가 뒤따르는지 조금도 생각하지 않았다.

한편 클라라를 안은 할아버지는 하이디와 헛간 앞으로 갔다. 그런데 조금 전까지 놓여 있던 휠체어가 어디로 갔는지 보이지 않았다.

"웬일일까? 분명히 여기 내다 놓았는데."

할아버지는 어안이 벙벙해져서 고개를 흔들었다. 하이디가 뛰어다니며 근처를 다 찾아보았지만, 클라라의 휠체어는 보이

지 않았다. 그때 마침, 바람이 불어와 헛간 문이 활
짝 열리더니 곧 '탕!' 하고 닫혔다.

"할아버지, 바람에 밀려서 굴러떨어졌나 봐요."

"글쎄, 그런가 보다. 그렇다면 박살이 났겠는걸!"

할아버지는 아무래도 이상하다는 듯이 고개를 갸웃거리며
말했다.

"어쩌면 좋아. 그럼, 오늘 산에 갈 수 없겠네요. 내일도 갈
수 없고……. 휠체어가 없으면 나는 프랑크푸르트로 돌아갈
수밖에 없는데, 난 아직 돌아가기 싫어요."

클라라가 몹시 실망한 표정으로 울먹였다.

그러나 하이디는 그 정도는 아무 문제도 아니라는 듯이 할아
버지를 보면서 말했다.

"할아버지, 할아버지가 어떻게 해 주실 거죠? 클라라가 돌아
가지 않아도 되게요."

"오냐, 준비를 마쳤으니 빨리 산으로 떠나자꾸나. 뒷일은 나
중에 다시 생각하자."

할아버지가 자신 있게 말했기 때문에 클라라와 하이디는 금
세 얼굴이 환해졌다. 할아버지는 클라라를 수건으로 감싸 안
고서 목초지로 향했다.

하이디는 신이 나서 깡충깡충 뛰며 두 마리의 염소를 몰고
앞장서서 산 위의 목장으로 올라갔다. 목장에 와서 보니까, 다
른 염소들은 한가로이 풀을 뜯고 있고, 페터는 염소들 가운데
누워 있었다.

할아버지가 페터에게 물었다.

"염소 대장, 너 혹시 휠체어 보지 못했니?"

"무슨 휠체어요?"

페터는 할아버지의 말씀에 깜짝 놀라 벌떡 일어나면서 퉁명스럽게 되물었다.

할아버지는 더 이상 묻지 않고, 햇빛이 잘 드는 풀밭에 숄을 여러 장 깔고 그 위에 클라라를 앉혔다.

"클라라, 편안하니?"

"네, 할아버지. 휠체어에 앉은 것만큼 편안해요."

그러고는 주위를 둘러보며 기쁜 목소리로 말했다.

"하이디, 내가 앉아 있는 데가 가장 아름다워! 정말 근사하구나!"

할아버지는 산 아래로 돌아갈 채비를 하며 아이들한테 주의를 주었다.

"서로 사이좋게 지내야 한다. 하이디, 점심때가 되면 그늘에 놓아 둔 점심 도시락 가져다 먹으렴. 그리고 페터, 넌 아이들이 마셔야 되는 만큼 염소젖을 짜 주어야 한다. 하이디는 페터가 백조의 젖을 잘 짜는지 지켜보아라. 나는 저녁때 다시 데리러 오마. 휠체어가 어떻게 되었는지 찾아봐야겠구나."

할아버지는 하이디에게 클라라를 잘 돌보도록 이르고는
다시 오두막집으로 돌아갔다. 산 아래로 내려가는 고원 아
저씨를 보며 페터는 마음이 조마조마했지만, 겉으로는 아무
렇지도 않은 척했다.

클라라의 기적과 용서

　하이디와 클라라는 풀밭에 나란히 앉아서 알름 산의 아름다운 경치와 산 아래 마을을 내려다보고 있었다. 멀리 되르플리 마을의 집들이 손톱만 하게 보였다.

　한참 후에 클라라가 말했다.

　"하이디, 정말 멋있어! 내가 이런 곳에 와 보다니, 꿈꾸는 것 같아."

　"클라라가 좋다니, 나도 좋아."

　이따금 아기 염소들이 와서 두 아이에게 재롱을 부렸다. 그 가운데서도 엄마가 없는 '흰눈'이 클라라를 제일 따랐다. 클라라도 '흰눈'이 귀여운 눈치였다.

하이디는 문득 여기서 조금 올라간 곳에 있는 꽃밭 생각이
났다.

"클라라, 나 꽃밭에 금방 갔다 올게. 그때까지 '흰눈'이랑 친
구 하고 있어."

하이디는 풀을 한 아름 뜯어다 클라라의 앞치마에 담아 주고
'흰눈'을 불러 주었다. 그리고는 클라라의 말을 뒤로 하고 단숨
에 꽃밭까지 달려갔다.

"아, 흰눈아, 여기 알프스 고원의 풀밭은 정말 아름다워! 난
영원히 이곳에서 살고 싶어!"

하이디는 꽃으로 온통 뒤덮인 언덕에 도착했다. 코를 찌르는
꽃향기에 취해 잠시 그대로 있었다. 샛노란 들장미며, 짙은 푸
른색의 물봉선화 덩굴이 활짝 피어 있는 꽃밭을 보니, 하이디
는 클라라도 이곳을 볼 수 있다면 얼마나 좋을까 하는 생각이
들었다.

마음이 급해진 하이디는 숨도 쉬지 않고 달려서 클라라한테
로 왔다. 그리고는 가쁜 숨을 몰아쉬며 말했다.

"클라라, 우리 꽃밭까지 어떻게 갈 수 없을까?"

하이디는 클라라에게 꼭 꽃밭을 보여 주고 싶었기 때문에 더
욱 안달이 났다.

"직접 보지 않으면 아무리 상상해도 그 광경은 떠오르지 않을 거야. 얼마나 아름다운지 몰라. 저녁때가 되면 시들어 버려서 보나 마나야. 꼭 클라라에게 보여 주고 싶은데……."

하이디는 갑자기 좋은 생각이 떠오른 듯 주위를 둘러보았다.

페터는 아까부터 산 위쪽에 앉아서 클라라와 하이디가 노는 모습을 지켜보고 있었다. 사실 페터는 휠체어만 없어지면 클

라라가 금방 프랑크푸르트로 돌아갈 것이라고 생각했다. 그런데 이렇게 산 위에까지 올라와서 여전히 하이디와 함께 재미있게 놀고 있는 것을 보니, 화가 나서 견딜 수가 없었다.

하이디는 그런 줄도 모르고, 큰 소리로 페터를 불렀다.

"페터, 좀 도와줘."

"싫어, 여기가 좋아. 안 내려갈 거야."

"페터, 나 혼자서는 어떻게 할 수 없어서 그래! 빨리 와서 클라라를 부축해 줘."

"싫다니까!"

"그럼, 좋아. 지금 빨리 오지 않는다면 내 생각 대로 할 거야. 나중에 후회해도 소용없어."

이 말을 듣고, 페터는 겁이 더럭 났다.

아무도 본 사람이 없을 거라고 생각했는데, 지금 하이디의 말투로 봐서는 자기가 한 일을 다 알고 있는 것 같은 느낌이 들었기 때문이었다. 그렇다면 하이디가 고원 아저씨께 그런 사실을 일러바치는 것은 시간문제였다. 페터는 고원 아저씨가 이 세상에서 제일 무서웠다. 여기까지 생각이 미친 페터는 벌떡 일어나서 하이디에게 달려갔다.

"하이디, 이렇게 왔으니까 할아버지한테는 아무 말도 말아야 한다. 알았지?"

페터가 너무 순순하게 나왔기 때문에 하이디는 마음을 고쳐먹었다.

"좋아, 아무 말도 안 할게. 그럼 클라라를 좀 부축해 줘."

하이디와 페터는 클라라의 양쪽 겨드랑이를 둘이서 떠받치고 걸어 보려고 했다. 그러나 잘 되지 않았다.

클라라는 서 있지도 못했기 때문에 걷기는 더욱 힘든 일이었다. 그런데도 하이디는 고집을 피우며, 클라라를 걷게 해 보려고 애를 썼다.

"클라라, 한 팔로는 내 목을 감고, 다른 팔로는 페터의 팔을 잡고, 페터 쪽으로 기대면서 일어서 봐. 그렇게 하면 꼭 일어설 수 있을 거야. 안 돼! 안 돼, 페터! 그렇게 어깨를 축 늘어 뜨리고 있으면 안 돼! 팔을 고리처럼 둥글게 구부려 봐. 그리고 클라라는 그 위에 손을 짚어. 그래, 됐어. 그 위에 몸을 기대고 일어나 봐."

클라라는 하이디가 시키는 대로 제 발로 서 보려고 했지만, 넘어질 것 같은 두려움 때문에 내딛으려던 발을 다시 움츠리고 말았다.

그걸 보고 하이디가 타이르듯 말했다.

"클라라, 한번 눈 딱 감고 힘 있게 땅을 디뎌 봐. 그럼 나중에는 덜 아플 거야."

클라라는 머뭇거리면서도 하이디가 시키는 대로 한 발에 힘을 잔뜩 주고는 바닥에 내디뎠다. 다른 쪽도 마찬가지로 그렇게 했다. 클라라는 힘이 들었지만 한 발 한 발 멈추지 않고 조심스럽게 앞으로 나아갔다. 클라라는 기뻐서 소리쳤다.

"어머, 내가 서서 걷다니! 훨씬 덜 아파."

하이디는 신이 나서 클라라에게 용기를 북돋아 주었다.

"자, 그대로 한 번만 더 걸어 봐."

클라라는 용기를 내어 발걸음을 떼어 놓았다.

"하이디, 이것 좀 봐! 나도 이제 걸을 수 있어."

클라라가 기쁨에 겨워 소리쳤다.

"정말 기뻐. 이제 휠체어 따윈 없어도 괜찮아. 나도 어디든 지 마음대로 걸어 다닐 수 있으니까 말이야."

두 소녀는 기쁨에 넘쳐 서로 얼싸안고 어쩔 줄을 몰라 했다.

하이디는 클라라보다 훨씬 더 크게 소리를 질렀다.

"클라라, 정말 너 혼자 힘으로 걷는 거야? 너 정말 혼자 걸 을 수 있어? 아, 할아버지께서 어서 오시면 좋겠다. 넌 이제 혼자 걸을 수 있어. 클라라, 넌 이제 혼자 걸을 수 있다고!"

클라라는 하이디와 페터의 부축을 받으며 드디어 꽃밭까지 갔다. 그곳은 햇볕에 물든 아름다운 들장미가 온 산을 뒤덮고 있었다.

세 아이들은 꽃밭 한가운데에 앉았다.

"나에게 이런 기적이 일어나다니……."

몹시 기쁜 클라라는 아무래도 믿기지 않아 아무 말도 못한 채 아름다운 꽃밭을 바라다보았다.

아이들은 클라라가 걷게 되자 기쁜 나머지 보통 때보다 점심 을 꽤 늦게 먹었다. 점심 식사가 겨우 끝났을 때 할아버지가 아이들을 데리러 고원의 풀밭으로 올라오는 모습이 보였다. 하이디는 할아버지를 향하여 쏜살같이 달려 내려갔다. 그리고는 숨이 가빠 기쁜 소식을 제대로 말하지 못했는데도 할아버지는 하이디가 무슨 말을 하는지 금방 알아챘다.

할아버지가 기뻐하며 말했다.

"해 보니까 되지 않았니? 그래, 포기하지 않고 해냈구나! 아주 장하다, 클라라!"

클라라는 그날부터 하루도 거르지 않고 날마다 걷는 연습을 했다. 그러나 할머니께 매일 보내는 편지에는 그런 말은 한마디도 쓰지 않았다.

클라라의 할머니는 알프스 고원에 도착하기 하루 전에 편지를 보내 자신이 간다는 사실을 알렸다.

할머니가 오시는 날, 하이디는 오두막 안팎을 깨끗이 청소했다. 할머니가 알프스 고원에 올라왔을 때, 깔끔하게 정돈된 집을 보여 주고 싶었다. 클라라는 하이디가 오두막 구석구석을 왔다 갔다 하며 청소하는 모습을 재미있게 지켜보았다.

할머니가 도착할 시간이 되었다. 두 아이는 할머니를 맞이할 준비를 끝내고 오두막 벤치에 나란히 앉았다. 곧 일어날 일이 기대되어 가슴이 부풀었다.

오두막집에 다다른 할머니는 자기 눈을 의심하지 않을 수 없었다.

"아니, 이게 정말 내 손녀딸 클라라냐? 이렇게 볼이 통통하고 생기까지 돌다니…….""

할머니가 막 클라라한테 달려가려는 순간, 하이디가 의자에서 일어났다. 그러자 클라라도 하이디의 한쪽 팔을 잡고 일어서더니 할머니를 향해 나란히 걸어갔다.

두 아이가 가벼운 산책을 하듯이 할머니한테 다가오고 있었다. 할머니는 너무 놀라 그 자리에 멍하니 멈추어 섰다. 하이디가 요술을 부리는 것은 아닐까 하고 생각했다.

"클라라! 믿을 수가 없구나. 세상에, 이럴 수가! 네가 휠체어에 앉아 있지 않다니 말이다!"

할머니는 클라라와 하이디를 와락 끌어안았다.

할아버지는 그때까지 문 옆에 비켜서서 이 광경을 흡족한 표정으로 지켜보고 있었다. 할머니가 달려와 할아버지의 손을 덥석 잡았다.

"고원 아저씨, 이 은혜를 어떻게 갚아야 좋을지 모르겠습니다. 우리 클라라가 이렇게 걷게 된 것은, 모두 다 잘 보살펴 주신 고원 아저씨 덕분입니다."

할머니는 진심에서 우러나오는 감사의 말을 자꾸 되뇌며, 눈물을 글썽거렸다.

"그것은 내 덕이 아니라, 하느님이 주신 충분한 햇빛과 알름 산의 맑은 공기 덕분이지요."

할아버지가 공손하게 말했다.

그러자 클라라도 한마디 했다.

"맞아요. 또 맛있고 영양이 풍부한 백조의 젖 때문이기도 해 요. 할머니, 모르시죠? 제가 염소젖을 얼마나 잘 마시는데요! 맛이 얼마나 좋은지 몰라요."

"클라라, 파리에 있는 네 아빠한테 전보를 쳐야겠다. 당장 알프스 고원으로 오라고 말이다. 그렇지만 무슨 일 때문에 오 라고 하는지는 밝히지 말아야겠구나. 네 아빠도 태어나서 지 금까지 이렇게 기쁜 일은 없었을 거야."

할아버지는 휘파람 소리로 페터를 오두막으로 불러 종이 한 장을 내밀며 말했다.

"페터, 얼른 되르플리로 내려가서 이 종이를 우체국에 전해 주렴. 전보 요금은 나중에 내가 직접 계산하겠다고 말하렴. 알 아들었니?"

페터는 종이를 들고 되르플리로 내려갔다. 그렇지만 산 아래 에서 마주친 남자를 보고 자기를 잡으러 오는 사람인 줄 알고 놀라서 뛰어 달아나다가 그만 전보 종이를 골짜기 아래로 놓

치고 말았다.

그 남자는 다름 아닌 제제만 씨였다. 그때 마침 클라라의
아버지 제제만 씨는 볼일을 다 마치고, 귀여운 딸을 만나기
위해 알름 산으로 올라오고 있었다. 힘들고 가파른 산길이
었지만, 클라라를 놀라게 해 줄 생각으로 쉬지 않고 부지런
히 오두막으로 향했다.

제제만 씨가 오두막 입구에 올라서자, 두 소녀가 이쪽을
향해 걸어왔다.

제제만 씨는 우뚝 걸음을 멈추고 두 소녀를 유심히 바라보
았다. 순간, 제제만 씨의 두 눈에서 눈물이 흘러내렸다.

"이게 누구냐?"

클라라가 환하게 웃으며 제제
만 씨한테 말했다.

"아빠, 저를 못 알아보시나요? 제가 그렇게
많이 변했나요?"

제제만 씨는 달려가 클라라를 품에 꼭 안았다.

"달라지고말고. 아주 몰라보게 딴사람이 됐구나. 세상에,
이런 일이 일어나다니! 정말 꿈은 아니겠지?"

제제만 씨는 도무지 믿기지 않는다는 듯 딸을 껴안기도 하고, 한 걸음 물러서서 머리끝부터 발끝까지 훑어보기도 했다.

그때 할머니가 오두막에서 나왔다.

"아들아, 많이 놀랐지? 이리 와서 고원 아저씨께 인사드리렴. 이게 다 아저씨의 보살핌 덕분이란다. 우리에게는 가장 큰 은인이시지."

"잘 알고 있습니다. 그리고 하이디의 공도 잊을 수 없을 겁니다."

제제만 씨는 하이디의 손을 정답게 잡아 주며 말했다.

할머니는 마음을 가라앉히기 위해 전나무가 있는 쪽으로 걸어갔다.

그때 전나무 뒤에서 바스락대는 소리가 났다. 페터였다. 페터는 곧 도망치려고 했지만 할머니에게 들키고 말았다.

"아, 네가 바로 페터로구나. 착한 아이라지? 하이디에게 들었다. 자, 어서 이리 나오너라."

페터는 깜짝 놀라 부들부들 떨며 그대로 서 있었다. 벌써 사람들이 자기가 한 일을 다 알아 버렸다고 믿고 있었기 때문이었다. 페터는 눈을 질끈 감았다.

'이제 할 수 없어. 사실대로 말씀드리는 수밖에.'

페터는 용기를 내어 말했다.

"그런데……, 그, 그것이……, 몽땅 부서져 버렸어요. 이제 고칠 수도 없어요."

페터는 간신히 더듬거리며 말했다.

"무슨 말이니? 도통 알아들을 수 없는 말을 하는구나."

그러자 할아버지가 말했다.

"지난번에 휠체어가 산골짜기 아래로 굴러떨어진 것은, 바람 때문이 아니고 페터가 한 짓이었습니다. 그래서 벌을 받을 것이 두려워 저렇게 떨고 있는 것입니다. 혼을 내 주세요."

할아버지는 벌써부터 페터의 짓이라는 걸 눈치채고 있었다.

"아닙니다. 그럴 필요 없습니다. 페터는 이미 충분히 벌을 받았어요. 또 따지고 보면 페터만의 잘못은 아니니까요. 프랑크푸르트에서 온 손님들이 하이디를 독차지했기 때문에 페터는 갑자기 외톨이가 된 기분을 느꼈을 거예요. 그게 분해서 그랬을 테고요."

할머니가 페터의 마음을 들여다본 것처럼 알고 감싸 주었다.

"페터, 이리 온. 너한테 해 줄 말이 있어서 그래. 네가 나쁜 짓을 했다는 건 알고 있지? 네가 나쁜 짓을 하고 아무도 모른다고 생각하면 큰 잘못이야. 왜냐하면 네가 아무리 숨기려고 해도 하느님은 모두 알고 계시니까. 하느님은 죄를 지은 사람의 마음속에 사는 망보는 사람을 흔들어 깨우신단다. 그래서 거짓말을 할 때마다 죄지은 사람의 마음을 끊임없이 괴롭혀 걱정이 쌓이게 하신단다. 페터야, 그럴 때는 빨리 용서를 빌어야 하는 거야. 내 말 알아듣겠니?"

페터는 고개를 푹 숙이고 가만히 있었다.

"그런데 말이다. 한 가지 잘된 일이 있어. 그것은 휠체어가 없어져서 클라라가 걸을 수 있게 된 일이야. 하느님께서는 이렇게 나쁜 일도 좋은 일로 바뀌게 해 주신단다. 그래서 나쁜 짓을 한 사람은 더욱 괴롭게 되는 거야. 알겠지? 언제든지 나쁜 일을 하고 싶어질 때는 바늘을 가진 망보는 사람을 기억해라, 알겠니?"

페터는 또다시 뜬금없이 말했다.

"전 종이도 잃어버렸어요."

할머니가 다정하게 말했다.

"그래, 바로 그거다! 네가 솔직하게 말하니 아주 좋구나! 옳지 않은 일은 곧장 이야기해야 한다. 그러면 다시 다 괜찮아진단다. 자, 이젠 상을 주어야겠구나. 너는 무엇이 갖고 싶은지 말해 보렴."

페터는 염소를 부를 때 쓰면 좋을 것 같은 빨간색 호루라기와 자루가 둥근 칼이 갖고 싶었다. '두꺼비 칼'이라는 이 칼만 있으면 개암나무를 쓱쓱 다듬어 최고의 회초리를 만들 수 있을 것 같았다. 그것을 사려면 돈이 필요했다.

"10라펜요."

할머니가 웃으며 말했다.

"별거 아니로구나! 이리 오렴!"

할머니는 지갑에서 1탈러 은화 한 닢을 꺼냈다. 그러더니 그 위에 10라펜짜리 동전을 두 개 더 얹어 주었다. 1탈러 은화 한 닢은 페터가 1년에 들어 있는 주일 수만큼 10라펜을 꺼내 쓸 수 있는 돈이었다.

휠체어를 없애 버린 자기를 잡으러 온 경찰인 줄 알았던 사람이 클라라의 아버지 제제만 씨였고, 또 할머니는 솔직히 자기 잘못을 밝힌 페터에게 상금까지 주었다. 그제야 겨우 마음을 놓은 페터는 할머니께 씽긋 웃으며 말했다.

"하느님, 감사합니다!"

이루어진 소원

할아버지와 하이디, 그리고 클라라네 가족은 산속 오두막집에서만 맛볼 수 있는 즐거운 점심 식사를 마친 뒤에도 자리를 뜨지 않고 이야기꽃을 피웠다.

제제만 씨의 얼굴은 기쁨으로 환하게 빛났다. 딸을 바라볼 때마다 점점 더 행복해졌다. 클라라는 그런 아빠의 손을 잡으며 기쁜 목소리로 말했다.

"아빠, 할아버지께서 저를 위해 얼마나 애쓰셨는지 모르실 거예요! 전 할아버지의 은혜를 평생 잊지 못할 거예요. 저도 할아버지께 뭔가 해 드리거나 선물을 드리고 싶어요. 제가 받은 기쁨의 절반만큼이라도 기쁘게 해 드리고 싶어요."

제제만 씨가 대답했다.

"그래, 나의 딸, 그거야말로 나도 간절히 바라는 바다. 어떻게 해야 우리의 은인들에게 조금이나마 고마운 마음을 전할 수 있을까 내내 생각하고 있었단다."

제제만 씨는 자리에서 벌떡 일어나 할아버지 쪽으로 다가갔다. 그러고는 할아버지의 손을 잡고 감격에 겨워 말을 꺼냈다.

"고원 아저씨, 저는 오랜 세월 동안 행복을 모르고 살아왔습니다. 하나뿐인 딸이 저렇게 슬픈 신세가 되었는데 돈이 무슨 소용이었겠습니까? 그런데 이곳에 와서 딸이 건강을 되찾고, 걸을 수도 있게 되었으니, 저는 이제 행복을 되찾은 셈입니다. 이 은혜는 어떻게 해도 다 갚을 수 없겠지만, 제 힘으로 할 수 있는 일이 있다면 뭐든지 말씀해 주십시오."

할아버지는 잠자코 듣고 있다가 말했다.

"제제만 씨, 클라라가 건강을 되찾고 걸을 수 있게 된 것은 내게도 기쁜 일입니다. 그러니 내가 돌봐 준 보답은 그것으로 충분합니다. 단지 하나 마음에 걸리는 일이 있습니다. 나는 보시다시피 늙었으니 언제 죽을지 모르는 몸입니다. 이 소원이 이루어지면 나는 아무 걱정이 없겠습니다."

"그것이 무엇입니까?"

제제만 씨는 고원 할아버지 옆으로 바짝 다가앉으며 물었다.

"하이디에 관한 일입니다. 내가 죽고 나면 물려줄 것이 아무 것도 없어요. 저 아이는 외톨이로 남겨질 겁니다. 친척이 한 명 있기는 하지만 자기 잇속만 차리려고 할 겁니다. 하이디가 먹고살기 위해 낯선 곳에 가는 일이 없었으면 합니다. 그것만 약속해 주시면 제가 따님을 위해 한 일에 대한 보답을 충분히 하신 겁니다."

"아저씨, 다시는 그런 걱정 하지 마세요. 하이디는 우리 가족이고, 제 딸이나 마찬가지지요. 어머니께나 클라라한테 물어보세요. 하이디를 다른 사람에게 맡기는 일은 절대 일어나지 않을 겁니다. 고원 아저씨, 하이디 곁에는 든든한 보호자가 둘이나 있지 않습니까? 아저씨와 제 어머니, 두 분 모두 오래오래 사시기를 바랄 뿐입니다."

할머니가 아들의 말에 맞장구를 쳤다.

"하느님, 부디 축복을 내려 주십시오."

할머니는 다정스레 할아버지의 손을 잡고 한참을 흔들었다. 그러고 나서 곁에 있던 하이디를 끌어안으며 말했다.

"사랑하는 우리 하이디, 이 할미에게 말해 보렴. 이루어졌으면 하는 소원이 있니?"

그러자 하이디가 기쁨에 차서 말했다.

"네, 소원이 있어요. 전에 제가 프랑크푸르트에서 쓰던 높은 베개 하고 따뜻한 이불이 딸린 침대가 있었으면 좋겠어요. 그런 침대만 있으면 페터네 할머니가 목도리를 친친 감고 잠자리에 들지 않아도 되실 거예요. 따뜻하고 편안하게 주무실 수 있을 테니까요."

오래전부터 바라던 것이었기 때문에 하이디는 단숨에 말해 버렸다.

할머니는 하이디의 마음 씀씀이에 감탄했다.

"아, 사랑스러운 우리 하이디! 세상에, 이렇게 착한 아이가 또 있을까! 넌 내게 중요한 일을 기억나게 해 주는구나. 자비로운 하느님께서 우리에게 좋은 선물을 주셨으면 우리도 가난한 이웃을 생각했어야 하는데! 프랑크푸르트에 곧 전보를 쳐야겠다. 로텐마이어에게 당장 침대를 싸서 보내라고 해야겠어. 아마 이틀이면 도착할 거야. 하느님의 뜻대로 페터네 할머니가 그 침대에서 편히 주무셨으면 좋겠구나!"

하이디는 이처럼 기쁜 소식을 한시바삐 페터네 할머니께 전하고 싶었다.

"얼른 페터네 할머니한테 가 봐야겠어요. 제가 오랫동안 못

가서 할머니가 불안해하실 거예요."

할아버지는 손님을 남겨 두고 어디를 가는 게 아니라며 하이디를 조용히 타일렀다. 그렇지만 클라라네 할머니는 하이디 편을 들었다.

"고원 아저씨, 하이디 말이 맞아요. 그동안 우리가 페터네 할머니한테서 하이디를 빼앗아 온 것 같아 죄송하기도 하군요. 그러지 말고 우리 다 같이 페터 할머니를 뵈러 가면 어떨까요?"

할머니의 말이 끝나자 모두들 페터네 오두막집으로 가기 위해 집을 나섰다. 클라라가 페터네 집까지 내려가는 것은 무리라고 생각한 할아버지는 능숙한 솜씨로 클라라를 번쩍 안아 들고 할머니 뒤를 따라 성큼성큼 걷기 시작했다.

페터 어머니는 산을 내려오는 사람들을 보고, 얼른 집 안으로 뛰어 들어갔다.

"어머니, 그 사람들이 산을 내려가요. 고원 할아버지가 아픈 아이를 안고 그 사람들을 배웅하나 봐요. 하이디도 함께 가나 봐요."

페터네 할머니는 마음이 불안하여 한숨을 쉬며 말했다.

"아이고, 이를 어쩌나! 그 사람들이 하이디를 데려간다고?

네가 직접 봤니? 아, 하이디 목소리를 한 번이라도 들어 보았으면 좋으련만! 하이디 손이라도 잡아 보면 좋으련만!"

그때 하이디가 문을 열고 뛰어 들어와서 할머니에게 안기며 말했다.

"할머니! 할머니 침대가 프랑크푸르트에서 와요. 베개 세 개와 따뜻한 이불이 딸렸대요. 이틀이면 도착한다고 클라라네 할머니께서 그러셨어요."

하이디가 숨을 몰아쉬며 소식을 알렸는데도 페터의 할머니는 슬픈 목소리로 대꾸했다.

"고마운 일이구나. 하지만 네가 프랑크푸르트로 가야 하니 난 기쁘지가 않구나."

그러자 누군가 다가와 페터 할머니의 손을 꼭 쥐었다. 클라라 할머니였다.

"누가 그런 말을 하던가요? 저는 클라라의 할머니 되는 사람이에요. 하이디는 할머니 옆에 머무르며 할머니를 기쁘게 해 드릴 겁니다. 물론 저희도 하이디가 보고 싶으면 언제든 다시 찾아올 거예요. 해마다 이곳에 와서 하느님께 감사를 드려야 되는 일이 있습니다. 하느님께서 우리 클라라에게 기적을 베풀어 주신 곳이니까요."

페터네 할머니는 얼굴이 환해졌다. 기쁨의 눈물이 주름진 두 뺨을 타고 흘러내렸다. 페터네 할머니는 마음씨 좋은 클라라 할머니의 손을 꼭 붙잡고 말없이 감사하는 마음을 전했다. 하이디는 페터네 할머니의 얼굴이 밝아지자 행복했다.

하이디가 페터네 할머니한테 몸을 기대며 말했다.

"그것 보세요, 할머니. 모든 일이 제가 지난번 읽어 드린 찬송가 내용처럼 다 되었지요?"

페터네 오두막에 모인 모든 사람들은 서로에게 자비를 베풀 수 있다는 생각에 행복했다. 서로에게 축복이 있기를 빌어 주었기 때문이다.

제제만 씨는 어머니를 모시고 산 아래 숙소로 내려가고, 할아버지는 클라라를 안고 오두막으로 올라갔다. 하이디는 할아버지 곁에서 신 나게 뛰면서 산을 올랐다.

다음 날 아침, 작별 인사를 하는 클라라는 자꾸만 눈물이 흘러내려 말을 할 수가 없었다. 지난 몇 주 동안 태어나서 처음 바깥으로 나와 지내게 된 아름다운 알프스를 떠나야 하는 슬픔이 매우 컸다.

하이디가 클라라를 위로했다.

"금방 또 여름이 올 거야. 그럼 넌 다시 올 수 있잖아. 내년에는 처음부터 걸어서 염소들하고 고원의 풀밭에 올라갈 수 있을 거야. 꽃밭에도 같이 갈 수 있고. 난 벌써 내년 여름이 기대돼."

딸을 데리러 온 제제만 씨는 클라라와 하이디가 작별 인사를 하는 동안 오두막 입구에서 할아버지와 대화를 나누었다. 두 사람은 여전히 할 말이 많이 남아 있었다.

하이디의 말에 마음이 진정된 클라라가 말했다.

"페터한테도 인사 전해 줘. 염소들 모두한테도. 특히 백조한 테 꼭 인사를 전해 줘. 백조 덕분에 내가 이렇게 건강해졌잖 아. 백조한테도 무언가 선물을 주고 싶어."

하이디가 똑똑하게 말했다.

"백조에게도 선물을 줄 수 있어. 소금을 조금 보내 줘. 너도 알지? 백조는 저녁에 할아버지가 주는 소금을 아주 맛있게 핥 아 먹잖아."

"그래, 맞다. 프랑크푸르트에 가면 좋은 소금을 넉넉히 보내 야지. 그러면 백조도 날 잊지 않겠지."

클라라는 말을 타고 알름 산을 내려가면서, 알프스에서 지내 는 동안 겪었던 아름다운 추억들을 되새겨 보았다. 하이디는 골짜기가 보이는 곳까지 달려가서 클라라와 할머니, 제제만 씨가 보이지 않게 될 때까지 손을 흔들었다.

클라라 가족이 떠나고 며칠이 지난 후, 클라라 할머니께서 잊지 않고 보내 주신 침대와 소포가 도착했다. 소포 안에는 따뜻한 겨울 용품이 잔뜩 들어 있었다. 푹신하고 따뜻한 침대 덕분에 페터 할머니는 잠을 푹 잘 수 있게 되어 점점 건강이 좋아졌다.

한편 되르플리에서는 큰 공사가 벌어지고 있었다. 하이디를 알프스로 되돌아오게 해 주신 의사 선생님도 몸이 쇠약해져, 알프스에서 살려고 이곳으로 왔다. 할아버지와 하이디가 지난 겨울을 보낸 큰 집을 사들여, 할아버지와 의사 선생님은 날마다 큰 저택을 살기 좋게 수리했다. 할아버지 방과 하이디가 잠잘 수 있는 방도 꾸몄다. 집의 맨 뒤쪽에는 담을 쌓아 올려 튼튼한 염소 우리를 짓게 했다. '백조'와 '작은 곰'이 따뜻하고 편하게 겨울을 나게 하기 위해서였다.

할아버지와 의사 선생님은 여러 날 같이 일을 하며 매우 친해졌다.

"고원 아저씨, 제게 한 가지 소원이 있습니다. 제발 하이디가 제게 주는 기쁨을 아저씨와 함께 나누고 싶습니다. 고원 아저씨 다음으로 제가 그 아이와 가까운 사람이라고 생각합니다. 제가 계획을 세워 하이디를 돌보아 주고, 제가 나중에 늙더라도 하이디 곁에 머물며 하이디의 보살핌을 받고 싶습니다. 제가 하이디의 보살핌을 받을 자격이 있는 사람이 되려면 제 호적에 하이디를 올리고 싶습니다. 그러면 우리 두 사람이 세상을 떠날 때가 되어도 걱정이 없을 겁니다."

할아버지는 의사 선생님의 손을 꼭 잡고 오래오래 놓아 주지 않았다. 할아버지는 아무 말도 하지 않았지만 눈에서는 진한 감동과 기쁨의 빛이 보였다.

하이디는 지난여름 내내 할머니를 거의 만나지 못했기 때문에 날마다 페터네 오두막으로 놀러 갔다. 하이디는 페터와 할머니에게 하고 싶은 이야기가 끝도 없이 많았다. 그래서 세 사람은 무릎을 맞대고 앉아서 많은 이야기를 나눴다. 페터 어머니도 세 사람의 이야기를 들으며 누구보다도 행복했다.

페터네 할머니가 조용히 말했다.

"하이디, 찬송가 속에 있는 감사의 노래를 좀 읽어 주겠니? 우리에게 이런 행복을 주신 하느님께 감사의 기도를 드리고 싶구나."

찬송가를 읽는 하이디의 맑고 낭랑한 목소리가 알프스의 산 속으로 은은히 퍼져 나갔다. ✿

● 이해 능력 Level Up!

1. 명작 「하이디」의 배경은 어느 나라인가요?

    1) 미국   2) 프랑스   3) 스웨덴   4) 스위스   5) 영국

2. 알프스 고원 아저씨는 오래전에 모습을 감추었다가 고향에 돌아
   왔지만, 마을 사람들은 아저씨를 피하였습니다. 그 이유는 무엇
   일까요?

    1) 오랜만에 고향에 와서 못 알아봐서
    2) 할아버지를 처음부터 싫어해서
    3) 할아버지가 사람들에게 난폭하게 굴어서
    4) 할아버지가 수염을 길러 무서워서
    5) 이탈리아에서 사람을 죽이고 왔다는 소문을 듣고

3. 페터의 할머니는 페터가 글을 읽지 못해 속상해 합니다. 할머니
   는 페터가 어떤 책을 읽어 주었으면 했나요?

    1) 전래 동화   2) 위인전   3) 알프스에 대한 이야기
    4) 만화책   5) 찬송가 책

4. 다음 글을 읽고 알 수 있는 하이디의 성격으로 알맞은 것을
   골라 보세요.

하이디는 새로 만난 염소들과 곧 친해졌다.

"할아버지, 이 염소들은 다 우리 염소죠? 애들이 언제까지나 제 친구였으면 좋겠어요. 저도 애들을 잘 보살펴 줄 거예요."

기쁨에 들뜬 하이디는 염소 주위를 빙빙 돌면서 뛰어다녔다.

"물론이지. 이 하얀 녀석의 이름은 '백조'고, 이 작은 갈색 염소는 '작은 곰'이란다."

할아버지가 자세하게 설명해 주었다.

"안녕, '백조!' 안녕, '작은 곰!' 나는 하이디라고 해. 이제부터 우리 친하게 지내자."

하이디는 염소들이 귀여워 못 견디겠다는 듯, 염소 두 마리를 번갈아 끌어안고 입을 맞췄다.

1) 조용하고 차분한 성격이다.
2) 소심하고 말이 없는 성격이다.
3) 명랑하고 누구하고든지 금방 친해지는 성격이다.
4) 덜렁거리고 말썽을 잘 부리는 성격이다.
5) 욕심이 많고 화를 잘 내는 성격이다.

5. 하이디는 왜 데테 이모를 따라 프랑크푸르트로 가게 되었을까요?

1) 어느 부잣집 외동딸의 친구가 되기 위해
2) 딸이 없어 쓸쓸하게 지내는 부잣집에 수양딸로 들어가기 위해
3) 이모가 프랑크푸르트를 구경시켜 준다고 해서
4) 프랑크푸르트에 가서 학교에 다니려고
5) 데테 이모가 하이디를 숙녀로 만들려고

6. 다음 글의 밑줄 친 부분은 무엇을 뜻할까요? 적당한 답을 골라
   보세요.

> "하이디, 왜 기도를 그만두겠다는 거니?"
> "기도를 해 봤자 소용이 없으니까요. 하
> 느님은 제 소원을 들어주지 않았어요. 하지
> 만 하느님도 어쩔 수 없을 거예요."

1) 예쁜 인형을 선물로 받는 소원
2) 로텐마이어 부인을 골탕 먹이게 해 달라는 소원
3) 클라라가 건강해져 일어서 걷게 되는 소원
4) 알프스 산으로 돌아가 할아버지와 사는 소원
5) 제제만 씨가 여행을 떠나지 않는 소원

7. 프랑크푸르트에 간 하이디는 누구와 친구가 되었나요?

1) 로텐마이어   2) 세바스찬   3) 페터
4) 클라라   5) 지네테

8. 하이디는 처음에 글을 배우려고 하지 않았습니다. 그 이유를 찾
   아보세요.

1) 글을 가르쳐 주는 사람이 없어서
2) 글을 읽고 쓰는 일은 귀찮은 일이라서
3) 페터가 글을 배우는 일은 어려운 일이라고 해서
4) 할아버지가 글을 배우면 안 된다고 해서

5) 학교에 다니지 않았기 때문에

9. 어느 날 클라라네 집에는 유령이 나타나는 소동이 일어났습니다. 이 소동의 주인공은 누구였나요?

1) 클라라   2) 제제만 씨   3) 한스
4) 하이디   5) 알프스 고원 아저씨

10. 다음 글은 의사 선생님이 제제만 씨에게 하는 이야기입니다. 글을 읽고 틀린 내용을 골라 보세요.

> "하이디는 지금 몽유병을 앓고 있습니다. 매일 밤 현관문을 열고 나가 사람들을 무서움에 떨게 한 유령은 바로 그 병 때문에 생긴 것이지요. 고향을 그리워하다 병이 걸린 것입니다. 더 잡아 두었다간 무슨 큰일이 일어날지 모릅니다. 내일 당장 저 애를 알프스 산으로 돌려보내는 것이 좋을 것 같습니다."

1) 하이디는 몽유병을 앓고 있다.
2) 하이디가 아픈 것은 편식을 하기 때문이다.
3) 고향을 그리워하다 병이 난 것이다.
4) 유령 소동은 하이디의 병 때문에 생긴 것이다.
5) 당장 하이디를 알프스로 돌려보내야 한다.

11. 클라라는 하이디가 살고 있는 알름 산에 얼마간 머물렀습니다. 이곳에서 클라라가 경험하지 많은 일은 무엇일까요?

1) 하이디의 도움으로 걸을 수 있게 되었다.

2) 맑은 공기와 햇빛을 쐬고 건강해졌다.

3) 페터가 고장 난 휠체어를 고쳐 주었다.

4) 아름다운 들장미 밭에 가 보았다.

5) 페터의 할머니를 만나 보았다.

12. 할아버지는 클라라가 건강해진 뒤 은혜를 갚겠다고 말하는 제제
    만 씨에게 다음과 같이 대답했습니다. 이 글에서 할아버지의 소
    원은 무엇일까요?

"나는 보시다시피 늙었으니 언제 죽을지 모르는 몸입니다. 이 소원이
이루어지면 나는 아무 걱정이 없겠습니다."

1) 큰 집과 마차를 사는 것

2) 평생 쓰고 남을 돈이 생기는 것

3) 알프스에서 키울 수 있는 양을 사는 것

4) 제제만 씨 댁에서 모두 함께 사는 것

5) 자신이 죽은 뒤 하이디를 보살필 사람이 생기는 것

● 논리 능력 Level Up!

1. 다음은 노을을 보고 하이디가 할아버지에게 묻는 내용입니다. 이
   말에 할아버지는 무엇이라고 대답했나요?

"우리가 돌아올 때 갑자기 산봉우리와 풀밭이 온통 불길이 솟아오르는 것처럼 빨갛게 물 드는 것은 왜 그래요?"

2. 어느 날 고원 아저씨에게 마을 목사가 찾아와 하이디를 보고 다음과 같이 말합니다. 하지만 할아버지는 안 된다고 말합니다. 그 이유는 무엇일까요?

"도대체 저 애를 어떻게 키울 생각이세요?"
"학교에는 절대 안 보낼 겁니다."
할아버지가 딱 잘라 말했기 때문에 목사님은 기분이 몹시 상했다.
"그렇다면 여기서 공부를 시키겠다는 겁니까?"

3. 하루하루가 다르게 얼굴빛이 어두워지는 하이디를 보고 클라라
   의 할머니가 밑줄 친 것에 대해 해 준 말은 무엇이었나요?

> 할머니는 점점 야위어 가는 하이디를 보자 걱정이 되어 물었다.
> "하이디야, 기운이 없어 보이는구나. 무슨 걱정거리라도 있니? 이 할
> 머니한테 말해 보렴, 무슨 걱정인지."
> 그렇지만 하이디는 알프스 집에 가고 싶다고 하면 은혜를 모르는 아
> 이라고 생각하여 할머니가 자기를 더는 따뜻하게 대해 주지 않을까 봐
> 걱정이 되었다.

4. 하이디는 공부하기 싫어하는 페터에게 어떤 방법을 써서 글을 가
   르치게 되었나요?

5. 다음 글을 읽고 페터가 왜 이와 같은 행동을 했는지 써 보세요.

> 그러는 동안 페터는 저만큼 멀리 떨어져서 심술이 난 얼굴로 클라라를 잔뜩 노려보고 있었다.
> "페터야, 안녕!"
> "안녕, 페디!"
> 하이디와 클라라가 이렇게 인사해도 페터는 들은 체도 하지 않고 거칠게 회초리를 휘두르며 염소들보다 앞서서 산을 내려가 버렸다.

_____

_____

_____

6. 다음 글에서 밑줄 친 말이 뜻하는 것은 무엇일까요?

> "그럼, 좋아. 지금 빨리 오지 않는다면 내 생각대로 할 거야. 나중에 후회해도 소용없어."
> 이 말을 듣고, 페터는 겁이 더럭 났다.
> 아무도 본 사람이 없을 거라고 생각했는데, 지금 하이디의 말투로 봐서는 <u>자기가 한 일</u>을 다 알고 있는 것 같은 느낌이 들었기 때문이었다.

_____

_____

_____

7. 하이디와 함께 알름 산에서 생활하게 된 클라라에게 기적이 일어
났습니다. 과연 어떤 기적이었을까요?

_____

_____

_____

● 논술 능력 Level Up!

1. 다음 글을 읽고 느껴지는 하이디의 성격을 말해 보세요. 그리고
나라면 어떠했을지도 이야기해 보세요.

> 페터는 작은 사발을 들고 백조에게 가서 신선한 젖을 짠 다음, 할
> 아버지가 준비해 주신 점심 보자기를 통째로 하이디에게 주었다. 하
> 이디는 빵을 꺼내 큼직하게 잘라서 커다란 치즈를 얹어 페터에게 내
> 밀었다.

_____

_____

_____

_____

215

2. 데테 이모가 하이디를 프랑크푸르트로 데려간다고 하자 할아버지는 못마땅하지만 밑줄 친 것과 같이 말했습니다. 이때의 할아버지 심정은 어떠했을지 할아버지 입장이 되어 써 보세요.

"저 아이도 이제 일곱 살인데 할 줄 아는 게 없고, 아는 것도 없잖아요. 더구나 학교에도, 교회에도 보내지 않으시고요. 저 아이는 하나밖에 없는 제 언니의 딸이에요. 저는 저 아이의 장래에 책임이 있다고요. 저 아래 되르플리 마을 사람들도 모두 다 제 편이고, 마을 사람들 모두 고원 아저씨가 너무한다고 생각한답니다. 이 문제로 법정에 가실 생각이 아니면 잘 생각해 보세요."

할아버지는 몹시 화가 나서 큰 소리로 말했다.

"아이를 데리고 가서 망치든 말든 네 마음대로 해 봐! 그리고 다시는 아이를 데리고 내 앞에 얼씬도 하지 마! 너처럼 깃털 모자나 쓰고 돼먹지 않은 소리나 입에 담는 인간은 다시 보고 싶지 않다!"

3. 클라라네 집에서 있었던 유령 소동은 알프스 산으로 돌아가고 싶은 하이디의 몽유병 때문에 일어난 일이었습니다. 하이디에게 위로의 편지를 써 보세요.

4. 처음으로 할아버지와 하이디가 교회에 왔을 때 마을 사람들과 목
   사님은 진심으로 두 사람을 환영했습니다. 이때 할아버지는 겨울
   동안 산에서 내려와 살고 싶다고 합니다. 다음 글을 읽고 하이디
   를 생각하는 할아버지의 마음이 어떠한지 짐작해서 써 보세요.

> "목사님, 언젠가 산 위로 저를 찾아오셨
> 을 때 제가 함부로 대한 것을 용서해 주십
> 시오. 제가 나빴습니다. 저는 그동안 마
> 을 사람들을 원망하며 제 고집만 부렸습
> 니다. 이번 겨울에는 산에서 내려와 지내
> 고 싶습니다. 산 위는 너무 추워서 하이디
> 가 지내기에는 힘들거든요. 마을 사람들
> 이 저에게 방을 빌려 줄지 걱정입니다만,
> 그렇더라도 미워하지는 않겠습니다."

5. 클라라가 알름 산에 온 뒤로 페터는 왠지 모르게 심통을 부립니다. 다음 글을 읽고 페터의 행동에 대해 자신의 생각을 써 보세요.

오늘도 클라라와 함께 산에 간다고 하니 페터는 더욱 화가 났다. 문 앞에 세워진 휠체어를 보자, 그것이 자신에게서 하이디를 빼앗아 간 클라라로 보였다. 페터는 보기 싫은 휠체어를 발로 힘껏 걷어찼다. 휠체어는 아주 빠른 속도로 굴러떨어지기 시작했다.

6. 할아버지는 페터가 클라라의 휠체어를 골짜기로 차 버린 일을 알고 있었습니다. 그렇지만 모른 척하고 있었던 것이지요. 여러분도 페터처럼 몰래 잘못을 저질렀는데, 누군가 그 사실을 알고 있었던 경험이 있나요? 있다면 이야기해 보세요.

 풀이

이해 능력 Level Up!

1. 4)   2. 5)   3. 5)   4. 3)   5. 1)
6. 4)   7. 4)   8. 3)   9. 4)   10. 2)
11. 3)   12. 5)

논리 능력 Level Up!

1. 해님이 내일 다시 온다는 약속의 표시로 근사한 빛을 뿌려 준다고 했다.

2. 세찬 바람과 눈보라에 시달리면서 멀리 있는 학교에 보내는 것이 싫어서

3. 하느님에게 기도를 드리라고 했다.

4. 페터의 어머니가 프랑크푸르트에 있는 학교에 보낸다고 했다. 그곳 학교 선생님은 무척 무섭고, 책을 못 읽는 페터를 아이들이 놀릴 거라고 겁을 주었다.

5. 클라라가 온 뒤로 하이디의 관심이 온통 클라라에게만 쏠려 있어 자신이 소외되었다는 생각 때문에 그렇게 행동했다.

6. 클라라의 휠체어를 골짜기 아래로 차 버린 일

7. 클라라가 걷게 된 일

논술 능력 Level Up!

1. 예시 : 인정이 많고 착한 아이라고 생각한다. 나라면, 할아버지가 싸 주신 도시락을 페터와 나누어 먹을 생각을 하지 않을 것이다. 왜냐하면 나도 산에 오르느라 기운이 빠져 배가 고팠을 테니까. 또, 남은 것은 넣어 두었다가 나중에 다시 꺼내 먹을 수도 있다. 따라서 빵에 커다란 치즈를 얹어 페터에게 건네줄 생각은 하지 못했을 것이다.

2. 예시 : 하이디를 학교에 보내지 않는 것은 글을 배우지 못하게 하기 위해서가 아니라 어린 하이디가 산에서 멀리 떨어진 학교까지 걸어 다닐 생각을 하니 안쓰러워 그런 것이다. 그런데 하이디의 이모가 나에게 하이디를 학교에 보내지 않았다고 비난을 하니 화가 난다. 하이디를 프랑크푸르트로 보내고 싶지 않지만, 좋은 환경에서 지낼 수 있고 학교도 보내 준다고 하니 보낼 수밖에 없겠다. 하지만 하이디와 떨어져 지내야 한다고 생각하니 속이 상하다.

3. 예시 : 하이디야, 안녕.
   얼마나 할아버지가 계신 알름 산으로 가고 싶었으면 몽유병까지 걸렸니? 그동안 정말 힘들었겠구나. 나도 네가 어서 집으로 돌아가 맑은 공기와 바람, 햇빛이 비치는 곳에서 마음껏 뛰어놀며 지냈으면 좋겠어. 그리고 다시 할아버지도 만나고, 페터 할머니도 만나서 재미있는 이야기를 나누며 살았으면 좋겠어. 그런 날이 꼭 올 거야. 그러니까 너무 울지 말고 마음 아파하지도 말고 건강하게 지내렴.

4. 예시 : 제가 잘못 생각하고 있었습니다. 이렇게 마을 사람들을 만나고 보니 모두들 좋은 분들이군요. 그동안 지나치게 화를 내고 인정 없이 행동했던 것이 후회가 됩니다. 이제는 하이디를 위해서라도 겨울에는 산에서 내려와 살고 싶습니다. 저에게 있어 하이디는 목숨만큼 소중한 존재입니다. 그러니 우리 하이디를 위해서라면 저는 무슨 일이든 할 것입니다. 하지만 너무 오랫동안 마을 사람들을 만나지 않고 살아서 조금 긴장이 됩니다. 그렇지만 사랑하는 하이디를 위한 일이니 여러분들이 잘 도와주셨으면 좋겠습니다.

5. 예시 : 찬성 – 나는 페터의 행동은 당연하다고 생각한다.
나라도 페터처럼 했을 것이다. 클라라가 온 뒤로 하이디는 페터보다 클라라를 더 좋아하는 것 같으니 샘이 날 만하다. 혼자서 끙끙 앓으며 속상해했을 페터가 불쌍하다. 그렇지만 한편으로는 클라라에게 휠체어는 다리와 마찬가지인데 그것을 골짜기로 차 버린 것은 너무 했다는 생각이 들기도 한다. 그래서 양심에 찔려 늘 불안할 것만 같다.
· 반대 – 아무리 속이 상한다고 해도 페터의 행동은 잘못된 것이다. 클라라에게 다리나 마찬가지인 휠체어를 골짜기로 차 버린 것은 옹졸한 행동이다. 나라면 하이디와 클라라에게 솔직한 심정을

이야기하고 함께 재미있게 지내자고 할 것이다. 그리고 하이디가 클라라에게 더 마음을 쓰는 것은 당연하다고 생각한다. 클라라는 오두막집에 온 손님이니까. 또 클라라는 몸이 불편하니까 더욱 신경을 썼을 것이다. 그런 이유로 친하게 지내는 것을 질투한다는 것은 옳지 않다. 오히려 클라라에게 더 잘 대해 주어야 한다고 생각한다.

6. 예시 : 얼마 전에 동생의 수학 공책을 옷장 안에 숨긴 일이 있었다. 엄마 몰래 컴퓨터 게임을 한 일을 동생이 엄마에게 일러바쳐서 얄미워서 그랬다. 아침에 동생은 숙제까지 다 해 놓은 수학 공책이 없다고 울고불고 난리를 피웠다. 난 모른 척했다. 그런데 그날 학교에서 돌아왔더니 엄마가 동생의 공책을 찾았다면서 나보고 동생 오면 주라고 하셨다. 난 엄마가 내가 한 일을 모르시는 줄 알았다. 그런데 저녁에 안방에서 엄마, 아빠가 이야기하시는 것을 듣고 엄마가 모른 척하신 것을 알았다. 난 갑자기 동생과 엄마에게 미안한 생각이 들었다.

※효리원 세계 명작 시리즈는 계속 발간됩니다!